彭敏——著

被嘲笑过的
梦想
总有一天会
让你
闪闪发光

作家出版社

彭　敏

1983年生于湖南衡阳，2002-2009年先后就读于中国人民大学、北京大学，中国当代文学硕士。2009年至今，为中国作家协会《诗刊》杂志社编辑。少年时代开始从事诗词、新诗和小说写作，曾获人民文学年度新人奖、北京大学校园原创小说大赛一等奖、北京大学原创诗词大赛最佳原创奖、北京大学未名诗歌奖等奖项。毕业后曾因沉迷于股票期货投机而停笔多年，2013年起重新拾笔。小说、评论作品见于《人民文学》《人民日报》《光明日报》等处，并获得中央电视台第二届中国成语大会年度总冠军、第三届中国汉字听写大会媒体竞赛团年度总冠军、第二届中国诗词大会年度总亚军。

新浪微博：@彭敏同学

心中有猛虎，背后也有猛虎

凤凰文化队的一员小将，
获得CCTV第三届中国汉字听写大会媒体竞赛团年度总冠军

由彭敏、李剑章组成的pm2.5组合获得CCTV第二届中国成语大会年度总冠军

郦波、蒙曼老师为pm2.5颁奖，两个获奖者表情都很奇特

心中有多啦Ａ梦，背后也有多啦Ａ梦

目　录

自序：唯有寂寞，让人受益匪浅

谢谢你，来看这本书。

谢谢你，记住我名字。全世界有七十亿个名字，一个人能记住的，大概不会超过一千个吧。

我曾和你一样，在最美好的年华苦闷又彷徨，不知未来在何方。也和你一样，满怀着被嘲笑的梦想，每天都在努力，期待着有一天能够闪闪发光。

很喜欢一句话：耐得住寂寞，才守得住繁华。别以为这是凌虚蹈空的心灵鸡汤。寂寞的我们，总是先走进别人的繁华，在别人的繁华里心旌摇荡。

不要急于加入那些灯红酒绿、舞榭歌台。如果你还没有积蓄起足够的才华，就只能成为别人的陪衬。那样的合群，不过是在浪费时间，客串别人大片里的路人甲。

耐心点，善用独处的时间，在黑暗中积蓄力量。

你会发现，寂寞是有瘾的。

唯有寂寞，让人受益匪浅。

终有一天，会有一束嘹亮的追光，突然将你彻头彻尾地暴露在众目睽睽之下。而这时，你是抓耳挠腮，尴尬得不知所措，还是成竹在胸，拿出你最耀眼的技艺赢得满堂喝彩？

这一切，都取决于此前，你怎样使用寂寞的时光。

大多数人生，是被浪抛虚掷的人生。

大多数寂寞，是偷工减料的寂寞。

不得不防。

在生活中，我越来越倾向于把自己变成一个单调扁平的人。不像从前，写诗词写新诗写小说，打三种球类，学四门乐器，交八方朋友。

人生短暂，能做好一件事，就已经相当不易了。

收缩了战线，才能以集中的兵力，攻克最富庶的城邦。

身边还有几个志同道合的朋友，能够共同进步，彼此监督，有没有偷闲犯懒。

这世上的事，不怕不努力的天才，就怕拼老命的笨蛋。

再顺风顺水的人生，也会有绕不过去的弯路。

我曾经颓废，曾经迷茫，曾经每天打游戏，逃避无人问津的痛苦。还曾经痴心妄想，捐弃文学老本行，花了四年时间妄图在股票和期货市场上快速致富，结果却一再地折戟沉沙，万劫不复。

我有我的弯路，你也一定会有你的歧途。

不过没关系，只要你还像我一样不肯放弃上下求索，前方一定会有好事在等你。

你，有这个耐心吗？

让我陪你，一起等待吧。

2016年1月14日

被嘲笑过的梦想，
总有一天会让你闪闪发光

1978年，有个男孩参加高考，英语只考了33分，总分也惨不忍睹。他的目标院校叫做常熟师专，从当时的情况看，似乎相当的遥不可及。

他回到农村老家，一边干农活，一边在光线微弱的煤油灯下继续复习，又参加了下一年的高考。这次的成绩有所提升，距离常熟师专的录取线，却仍有不小的差距。再次回到老家，村里人开始嘲笑他不自量力，当面喊他"大学生"。同龄的孩子都已经开始干农活，为父母分忧，而他，却像个废人一样，整天只知道读书。

在县里的培训班苦读了一年后，男孩第三次参加高考，乡亲们取笑的声音犹在耳边回荡，一张北京大学的录取通知书翩然而至。男孩以总分387，英语95的成绩，被录取到了北京大学西语系。

他的农村口音和"哑巴英语"在未名湖畔受尽了同学的嘲笑和心爱女孩的冷眼，但他却在毕业多年后创办了一所英语培训学校，名字叫做新东方。

这个男孩的名字，你一定已经猜到了，他就是俞敏洪。

也许你要说，这个故事离我们太过遥远，这种神一样的存在不适合用来比照我们的生活。那么，我再讲一个我朋友的故事。

她是一位38岁的农村妇女，居住在湖北荆门石牌镇横店村，高中毕业后，赋闲在家已经多年。她每天读书、上网、写诗，一应的农活和生计全靠父母操持，就连洗衣服这么简单的事，对她来说也是难如登天——因为出生时倒产，脑缺氧而造成脑瘫，她的一举一动，都显得姿势怪异，且有心无力。包括写诗这件事，也需要用最大的力气保持身体平衡，用最大的力气左手压右腕，才能艰难写出一个字。

她从没受过系统的文学训练，甚至认识的字都有限，但自从2003年开始，写诗，已经成为她的生活重心和精神支撑。

乡邻们并不能理解这个整天钻在纸堆里的农妇，网上的诗人们也高高在上地俯视并嘲笑着她从灵魂深处掏出来的那些文字。

这一切，都不影响她以每年数百首的速度疯狂写诗。

终于，2014年的一天，她的诗登上了全国最权威的诗歌杂志《诗刊》的重点栏目，两个月后，又以《摇摇晃晃的人间——一位脑瘫患者的诗》为名，在《诗刊》微信上风靡一时，火遍全国。大批媒体蜂拥而来，在那一个月时间里，她的名字传遍大江南北，还传到了大洋彼岸。许多专业的诗人和批评家都对她的诗给予了高度的评价，一位美国的大学教授甚至把她和美国历史上一位极其重要的女诗人相提并论。

这个农妇的名字，叫余秀华。

我们的时代盛产励志故事，它们总是显得面目雷同，总有一个凄惨的开头和光明的结尾。和引人入胜的影视剧一样，一旦你能够将自己亲身代入，这些故事才具备了现实的意义。

不要以为传奇离我们很远，传奇就在我们身边。就在每天挤地铁的人群中，在大学食堂窗口前乱糟糟的队列里。

前面提到的余秀华，就是在我眼皮底下一夜成名。她爆红网络的那条微信，就是我亲手编辑的。当我在那篇微信文章的标题处，敲上"一位脑瘫患者的诗"这句话时，我的确设想过文章的阅读量会因此而有所提升。但我万万没想到，公众对她诗歌的热情，会达到那样盛极一时的地步。

从2003到2014，余秀华努力了十一年。在十年时间里，她的诗都被别人嗤之以鼻，不屑一顾。2014年那个普通的冬天，谁能想到，一个脑瘫农妇，会在全中国刮起一阵诗歌的龙卷风！

看到她的梦想与坚持，我们还有什么理由来解释自己的懈怠和动摇？

人与人之间最大的差别，其实不在于出身、相貌、学历，而在于他所面朝的方向。

是不同的梦想，对未来不同的规划和坚持，把一个人变成了泥瓦匠，而另一个人当上了创业家。在荆天棘地的人生之路上你能走多远，很大程度上取决于出发时，你怀揣的那个梦想。

优哉游哉，翱翔蓬蒿之间是一生，海运乘风，扶摇直上九万里，也是一生。

那些看起来遥不可及的神话，常常有一个平淡无奇乃至于举步维艰的开头。那些叱咤风云的人物，也曾像我们一样，在田间地头的泥涂中胡乱打滚。

你凭什么觉得，自己不会站在世界之巅指点江山？你凭什么觉得，无论你付出多少努力，终究要落成一个普通的人生？

谁允许你这样想的？

年轻，最重要的品质，便是要善于创造并坚持梦想。不要看轻了自己，不要总去怀疑，你是否配得上自己的梦想，为什么不反过来看看呢，你的梦想，它配得上你吗？

如果时光倒退三十年，那个叫刘德华的年轻人只想当个出色的理发师，而那个叫李宗盛的小伙子满足于多送了几罐煤气，也就不会有后来的刘德华和李宗盛。

当周星驰为了一个一秒钟被打死的龙套镜头和导演争得面红耳赤，当身高仅有一米八三的艾弗森出现在NBA的赛场上，可以想象，会有多少嘲笑的目光。

事到如今，这些目光的主人们，又在哪里呢？

其实，一个有梦想的人，一定不会去嘲笑另一个人的梦想。只有碌碌无为的人，才会害怕别人因梦想脱颖而出，被梦想带离他们平庸的行列。嘲笑的背后，其实暗含着恐惧。

在这世上，那么多人驽马恋栈豆，那么多人鼠目寸光，而你，是否下定决心，和他们一样？

或者，你敢不敢，为自己人生的戏剧，写下天马行空的大纲？

年轻，那么短暂，那么迷茫。如果你不能给自己一张耀眼的文凭、一段荡气回肠的爱情，那么，你还可以给自己一个九成九会遭到嘲笑的梦想。

因为，总有一天，它会让你闪闪发光。

人生总要有几次不管不顾

2015，是我收获颇丰的一年。

在《人民文学》《北京文学》发表了小说，在《人民日报》《光明日报》《南方都市报》发表了评论，获得了CCTV《中国成语大会》和《中国汉字听写大会》的两个总冠军头衔。

写小说和评论是我曾经间断终又原地拾起的技艺，在今年迎来一次小小的喷发，并不奇怪。参加电视节目，则像电影里一段突如其来的插曲，是从2013年开始蓦然闯进我的生活。

熟悉我的人都明了，我是个勤奋的笨蛋，效率总是低于旁人，却在很多事情上驽马十驾，锲而不舍。参加节目这条路，走得也并不轻松，经过了大段的崎岖才登上些微的峰顶。

一个朋友在北大未名bbs上偶然看到河北卫视《中华好诗词》征集选手的启事，想起我平时颇好这口，就转到我邮箱里。我填写了报名表，参加了面试，一个月后便站上了挑战明星关主的擂台。

第一次参加电视节目，满带着新奇，也充斥着犹疑。朋友劝我提前做些准备，至少把那些曾经烂熟于心如今倍感生疏的名篇佳句重新温习一遍。

我当时主要的业余时间都用来读小说写小说，还没想好参加这个节目对自己到底意味着什么。人对于未知的事情往往不敢贸然投入太多，加上我不知其他小伙伴深浅，难免有些托大，就想凭着自己原有那些七零八落的储备赤膊上阵。

结果自然是折戟而归。

守关的明星一共六位，我攻下了"吕秀才"喻恩泰、相声演员曹云金、白凯南、快乐男声贾盛强、演员阚清子，最后折在美女主持人左岩的石榴裙下。事后回想，让我掉下擂台的那道题特别简单，说香港演员林忆莲的名字出自两句古诗：江南风景秀，最忆在碧莲。那么请问这两句诗的作者，是陶渊明、周敦颐还是沈约？这诗很冷僻，我当然从没见过，可尽管题面张牙舞爪貌似很难，其实就考一个中学生都知道的知识点：喜欢莲花的是陶渊明、周敦颐还是沈约。在那样紧张激烈并且距离最终胜利只有一步之遥的对决中，我无法想象出题人的用心会如此单纯善良，所以我不假思索地认定周敦颐是干扰项，首先予以排除，然后抛弃了喜欢菊花的陶渊明，准备选择沈约。

每个选手都有一次求助现场观众和提请嘉宾老师提示的机会，此前我势如破竹，在这道题上终于有些举棋不定了。我一次用掉了这两根救命稻草，最终却仍师心自用地选择了沈约。

就这样，功亏一篑地掉下了擂台。

作为一个长年深居简出不问世事的书呆子，那是我第一次就近观看世界的灿烂喧哗，切身领略舞台和镁光灯的魅惑。那些美若天仙的艺人、红极一时的演员和炙手可热的歌手，那些平时在电视和电脑屏幕上才能看到的大人物，仿佛平等地和我站在一起，甚至我才是这出戏的主角，他们都众星拱月地迁就着、配合着我。

原来，我这样一个平凡得彻头彻尾、普通到无地自容的人，也能够拥有片刻的光芒。我学的那些虚头巴脑的东西，连我的父母都含着微词，却得到这么多陌生人的欢呼与鼓掌。

舞台真是个神奇的所在，能让人膨胀到爆炸，也能把人摧残得心灰意冷。首次闯关失利后，我又厉兵秣马参加了复活赛，结果却再次铩羽而归，没能闯入到群雄争霸的决赛中去。其实比赛就是会包含很多偶然因素，赢了的人不一定实力强过我，但输就是输，并且输得众目睽睽，对我这向来就敏感脆弱的人，这种打击绝对致命，因为它是发生在我平日里自鸣得意的领域。

我花了大半年时间修复心境。从此在朋友面前不敢随便引经据典，否则便要被他们笑骂：决赛都进不了请问你装什么才华横溢呢！

失败并不是最可怕的，更可怕的是从此不敢再放手一搏。在那大半年时间里，黑龙江卫视的《最爱中国字》和贵州卫视的《最爱是中华》都曾在微博和人人网上联系我，希望我去参加他们第一季的节目。

我找了各种借口推托，其实就是害怕再一次的折戟沉沙。我已经三十岁了，虽然也懂得在哪里跌倒就在哪里爬起的道理，却终究无法完美地演绎屡败屡战、百折不挠。

最终，我的一个朋友去参加了《最爱是中华》第一季，并且杀进了决赛。等到第二季开录时，我的心境已修复得差不多，在她的撺掇下，我便再次登上了答题的舞台。

瞻前顾后是免不了的，毕竟，一旦失败就会像犯咳嗽一样无从掩饰，众所周知。但我性格中自有一股拼命三郎的基因，爆发出来相当惊人。而且一成不变的生活，也的确开始令我感到气闷。

有了《中华好诗词》的教训，这回再不敢掉以轻心。以第一季为参考，我做了许多针对性的复习。

再作冯妇，舞台表现力也更上层楼。学会了侃侃而谈，插科打诨。被《喜剧之王》捧红的那本书叫什么来着？《论演员的自我修养》。一个人只要站在舞台上，便负有不可推卸的责任，要让观众或哄堂大笑，或啧啧称奇，或赏心悦目。好在，需借助急智临场发挥的部分并不多，答题开始前与主持人的那一大段对谈，都是上场前准备好并得到编导认可的。这是国内许多电视节目较为通行的做法，台下做足了策划的功夫，上台后照本宣科即可。毕竟，选手的面目不能过于雷同，即便身份和经历相近的选手，也须通过不同的聊天内容将其区分开来，显出清晰的标签，这才有利于让观众记住。

这次参加《最爱是中华》，虽然败在了暨南大学谷卿博士的手下，止步于全国六强，相比于《中华好诗词》，已经是更进了一大步。如果说从前对于电视节目还比较懵懂，这时就算是略窥门径了。

对于任何答题节目来说，答题都是一个外壳，真正的目的在于寓教于乐，让观众看得有收获又开心。故而对于参赛的选手来说，答题自然半点不能含糊，但与此同时，还必须尽情释放自己的生平经历和语言个性，要让节目更像一出活色生香的舞台剧，而非板着脸孔的知识竞赛。

因为近几年来国内文化答题类节目呈井喷状态，遂造就了一批到处跑场的半通告艺人。其中的迥出侪辈者，除了知识储备惊人外，往往都还伶牙俐齿，个性分明，引人入胜。在录《最爱是中华》的过程中，这些高人陆续登场，让我一次看了个够。杨峰是重庆一家培训机构的老师，每次上台都穿着白衣服白手套，台风霸气外露，被称为答题骑士。熊汝疆在广西一家制药公司做高管，主持过很多国家元首的接待工作。张公子张雪健温文尔雅，说话不多却谈言微中，是典型的北大才子。别人家的孩子姚瑶，如今是我很好的朋友，浙大长腿女神兼金融学霸，弹琴唱歌原创作曲无所不能，此前我们曾在一次饭局上相识，没想到又在这里遇到。

下面，该浓墨重彩地说说《中国成语大会》了。

看过节目的人都知道，成语大会采用双人组队竞赛的形式，如何觅得良伴，非常要紧。有的人是进入决赛后临时组队，我的搭档则是提前了大半年便已定下。不仅如此，其实我还是沾了她的光才能来参赛的。

这个人便是我交往了十多年的好朋友戴潍娜。当年一同在人大读本科、写诗歌，她的才华便让我望尘莫及。在学校的诗歌比赛上，她力拔头筹，我则叨陪末座。如今，她已成80后诗人中的佼佼者，我则是一个兢兢业业的诗歌编辑，时时为她作嫁衣裳。这种缘分，也是难得。

2015年春季，戴潍娜被江苏卫视邀请去参加了《一站到底》，这位牛津女神大显神通，拿下了单场冠军，其风姿绰约、谈吐不凡，迅速引起了网友的围观。大概成语大会的编导们也在整天罗雀掘鼠地到处找选手，戴潍娜很快被他们盯上了。答应参赛后，她才知道还需要一个队友。在她的朋友圈里，同样有过节目经验和参赛欲望的，便只剩我一人。

其实，自从高考过后，戴潍娜便没有再长时间地死记硬背任何东西了。即便为了出国考雅思，更多也是靠着平常的储备和灵性，并没像大多数人那样把整个词汇表硬啃下来。然而，确定了参赛之后，她便迅速买来了大会官方指定用书《新华成语词典》，我们一起一页页往下过。

很多成语都出自那些最让我们孺慕的经典和名篇，背后藏有趣味横生的典故。我们之所以决定这样去积极备战，一方面为了成语大会，另一方面，其实也是给自己一个机会，再去系统地沾染一下传统文化的渊深海阔。毕竟，我们都是一辈子与文字相依为命的人，扩大自己的词汇量，非常必要。

我们反复研究上一季的比赛视频，通过微信语音聊天练习彼此的描述和猜词能力。就在我们渐入佳境时，戴潍娜获得了一个到杜克大学访学一年的机会。出国前的准备工作耗去她很多心神，直到她在杜克安顿下来，我们才又恢复了稳定的学习和训练。

这种坚持对我们来说并不容易。她身上背负着杜克的学习任务，同时还在写博士论文。而我有自己的日常工作。我从前的业余时间，基本都用来读小说写小说，而为了成语大会，我停笔了大半年，这在我那些作家朋友眼里，绝对是大大的本末倒置、不务正业。更何况，写小说已经上了轨道，只要坚持就能看到效果，而花大量时间背词典参加成语大会，则是那么虚无缥缈那么充满了不确定性的事。

万一费尽千辛万苦最后却一无所获呢？

这种担忧在我们准备的过程中，不断以各种形式发动侵袭。

看过第一季成语大会的人都知道，那一季的选手，各种职业和身份的都有，百无禁忌，全民参与。而为了推陈出新，导演组决定从选手构成上下功夫，一度推出了由高校学生组对阵网络红人组的方案。这样一来，我既不是在校生，更非网络红人，参赛资格成了问题。

得到这个消息时，我已花了好几个月，把成语词典都翻旧了，正在进行第四轮的温习。我如果不能参加，戴潍娜也觉得无法适应新的搭档。我们的成语大会之路，很可能就此夭折。无能为力，我只得停止备战，又写了一阵子的小说。而戴潍娜临近回国，手头杂事纷纭，各自奔忙。

这一间断，便是两个月。

所幸，高校学生一抓一大把，网络红人却并不那么好找，最终的方案变更为高校学生组对战青年作家组。

我们的组合得以起死回生。

10月21—22日，邯郸金龙大酒店，选手报到，济济一堂。我们见到了很多生机勃勃的小鲜肉，也见到了很多闻名已久的网络文学大神。在互相熟悉和演练的环节，清晰地感到这个游戏其实还是更适合在校学生。他们反应敏捷，记忆力尚未衰退，对新鲜事物满怀热情，准备得也更为充分。

接下来，一个更大的意外从天而降。

在来邯郸的火车上，我已经得知，因为连续写论文，戴潍娜的身体有些微恙。邯郸三日，大赛的压力如达摩克利斯之剑在头顶施压，这一状况迅速恶化。

最终，不得不选择退出比赛。

那天晚上，我们沿着空寂无人的街道走出去很远，又在邯郸学院的校园里和许多谈笑风生的90后擦肩而过。回到宾馆门前的时候，我们互相拥抱了对方。第二天早上，她便坐火车回北京了。

接下来两天时间，可以说百无聊赖。所有人出双入对，唯独我形单影只。在热火朝天的练习室里，我只能像条年事已高的哈巴狗，围在秦汉思源组合的张恒睿和王蕊脚边刷存在。

48组来邯郸报到的选手，还将面临严格的测验和筛选，有的组合会被拆散，留下准备更充分的选手。所以，当最后的决赛名单出炉，我还有希望获得一个同样落了单的队友。

原本，初来报到时，我被安排和南开大学的高熙智同房。到第二天，他的搭档王轶隆来了，就跟我商量着换了间房。当我搬过去看到新的室友，我不禁乐了。原来他就是我人大的小师弟李剑章。我的好朋友杨庆祥博士毕业后留在人大文学院任教，剑章是他带的研究生。我有时会回学校蹭一蹭庆祥的联合文学课堂，曾经听过剑章的发言，当时并无更多交流，没想到却在这里碰见。

说来也巧，剑章的搭档在测验那天赶回学校处理论文答辩的事，他也落了单，便找我临时搭了一下。我还记得，那天他不小心丢了眼镜，没法看着电脑屏幕来描述成语，就由我来描述他猜词。没想到他储备惊人，反应也极快，尤其最后一个词，我描述说女人到了三十四十，他一口就爆出来正确答案"如狼似虎"，惹得整个练习室哄堂大笑。

本来，我和剑章分属两个阵营，我在等待配对结果的时候压根就没想过导演组会把我俩撮合成一队。25号宣布24强名单时，我还略感意外。后来才发现，高校选手供给过剩而作家队人丁稀落，所以包括剑章在内的好几个高校学生都被编入了作家队。比如白马非马组合中有中国政法大学的马英博，汉白玉组合中有北京师范大学的白瑛瑜。

记忆中，来邯郸报到参加复选的一共有九十多人，那几天练习室里人声鼎沸，热闹非凡。最后有好几个我印象深刻的人都没能进入决赛。宣布24强名单时，有人欣喜若狂，有人黯然神伤。

原本，按照常规，一所学校只能有一组选手进入决赛，比如清华大学和南京大学最初都是来了四个人，最后只留下莳语的孟繁茁、宋晓甜和金陵朴风的吴永麟、高杨逸乔。但，来自邯郸学院，后来被称为邯郸四霸的四个人实在太优秀，导演组便破格将她们悉数收入囊中。

机会总是留给有准备的人。你必须万分努力，才有可能看起来毫不费力。邯郸四霸后来在比赛时表现得那么行云流水惊才绝艳，当然是她们痛下苦功的结果。我为成语大会大约付出了四个月的准备功课，而四霸普遍的复习时间都在一年左右。可以想象，一年的全神贯注，可能面临多少阻碍，需要克服多少困境，毕竟谁都不是整天没事干，光背成语。而她们坚持了下来，所以才拥有了那破茧成蝶的欢欣。

人与人的缘分有时甚是奇妙，常常有种"运命唯所遇"的或然性。

秦汉思源组合的张恒睿和王蕊，来自古城西安的交通大学，邯郸半月，我们基本如胶似漆地泡在一起。而这一切的缘起，也不过是最初进入练习室时，他俩旁边恰好有空余的位子，我和戴潍娜便坐了上去。当我痛失搭档，独自落单，他们收留我一起练习，后来我和剑章临时组队，三角形又顺势变了四边形。再往后，砒砆兄弟的罗叶楠、马善智也加入进来，又成了六芒星。

恒睿睿智沉稳，王蕊天真烂漫，两个人的实力都非同凡响。恒睿继承了徐源的衣钵，被大家称为本届成语大会的"活字典",他整理了长达数万字的成语笔记,词汇量大得极天际地。而王蕊伶牙俐齿,反应极快,特别擅长用最简单直接的语言迅速描述一个复杂的成语。我们两组平时没少互掐,基本都是pm2.5败下阵来。尤其双音节同题对抗,绝对是我们的梦魇。在整个赛程的六场对抗中,只有第一场对阵金陵朴风赢了,其他五场均告失败。这一点,我难辞其咎。好些词剑章提示得非常好,我却与正确答案失之交臂。我和剑章都属于不那么冰雪聪明的人,又是临时组建的队伍,所以其实一直是在凭感觉玩双音节。进入六强争霸阶段,秦汉思源和碔砆兄弟实在看不下去,手把手教了我们很多实战技巧,并且安排了两个晚上的特训,我和剑章这才知道原来双音节暗藏这么多玄机,深感茅塞顿开。

然而,接下来两场双音节,还是败得毫无悬念。白白辜负了他们的循循善诱,谆谆教诲。

剑章绝对是个刚毅木讷痴傻呆萌帝。他的古典文学功底如陆海潘江,嘴里不停蹦出一些我从没听过的典故和诗句,但在口头表达上却不肯径行直遂,时常绕些远路。记得初到邯郸，节目组请来了去年的明星选手王帆给大家传授经验，进入交流环节剑章抢先举手，他提问后王帆第一反应就是问他你是今年的选手吗？你这个语速到时候行不行……

其实，每个人、每个组合都有其长短优劣，在场上也都会犯各种低级错误。

比如，90秒限时冲高犯规两次比赛就终止，而夺位赛120秒限时冲高则是犯规三次才over，结果清华的蒔语组合和厦大的文智彬彬组合都曾在120秒限时冲高犯规两次时，以为比赛已经结束就停止了描述，白白浪费了宝贵的时间。

而邯郸四霸之首的灵赵菡芮，习惯通过故意犯规来过掉不熟悉的成语，结果有一次牛芮描述时，忘记了自己已经犯过两次规，在遇到难词时再次直接读出这个成语，以便过掉它，于是，比赛就直接over了。而当时，她们剩余的时间还有一大把……

来自北大的姚宸组合，堪称本季成语大会的珠穆朗玛峰，让斗胆攀登者死伤惨重。我和姚瑶是旧相识，但既然参赛也免不了兵戎相见。在我们交战的第四轮，张腾岳描述各自为政的故事，我们抢答。随着故事推进，我越发感到似曾相识，好像谁和我讲过。终于在最后抢答成功。下场后，我和姚瑶都想起来了，这个故事是她跟我讲的。而她竟然没能想起来，你说冤不冤……

砍砄兄弟跟我们对阵时同样委屈，马善智一番描述后罗叶楠猜出了无法自拔，现场观众一鼓掌，俩人就都以为猜对了。停了恨不得有10秒钟，马善智才发现题面是不能自拔……如果不是这关键的10秒，那一轮90秒冲高，我们很可能要输。

邯郸四霸的描述和猜词能力如同开挂，无人能正面撄其锋芒。但她们毕竟都是年轻的本科生，在典故和文史知识上我和剑章总要占些上风。所以遇到四霸，我们唯一的策略便是拖到第四轮。

主持人叙述典故，选手抢答成语，绝对妙趣横生。而且在这一轮，剑章是越战越勇。我一般还会等到张腾岳说出故事主人公的名字才奋起抢答，比如一提魏颗我就知道是结草衔环，一说王忱我就抢了后起之秀，而剑章到最后两场，居然是一连好几题，张腾岳才开了个头，他就一口爆出了正确答案。比如，张腾岳说，这个故事讲的是青年人要如何树立自己的志向，南北朝的时候……啪！剑章抢了。答案是乘风破浪。张腾岳说，这个故事讲的是一次别开生面的自我介绍……啪！剑章又抢了。答案是高阳酒徒……剑章你考虑过宗悫和郦食其的感受没？至少给人家领衔主演一个隆重出场的机会不好吗？

这脑洞，这决断力，你敢想象他就是那个首次出场时说自我介绍几次卡壳，尴尬得要死的李剑章吗？

Pm2.5组合综合能力相对全面，但在描述和猜词环节四平八稳，从没创下过任何纪录。场上唯一一次败绩，是六进四时和白话灵犀拼到第五轮，在褒姒和息夫人之间，选错了千金买笑的主人公。

很多人一定会觉得这题不难。褒姒不爱笑确实众所周知，但千金买笑这个成语并非源出褒姒，而是后人穿凿附会出来的。所以看到题目，我和剑章都有瞬间的茫然。而息夫人这个选项突然间在我脑子里召唤出王维的一句诗：看花满眼泪。泪和笑搅在一起，似乎成了佐证，让我鬼使神差地脱口就选了息夫人。

后来恒睿批评我，既然不确定为什么不多想想呢？答得太草率了！

所幸，这次失误没给我们落下永远的遗憾。和四霸之首灵赵菡芮一起参加夺位赛，居然还抢到了唯一一个晋级名额，也算人品大爆发了。

在我参加过的电视节目中，与我并肩作战或者两军对垒的，大多是80后90后的小年轻。年纪稍长的人，一般是不稀得跟我们玩的。

而成语大会作为央视的重点栏目，竟然吸引到一大批70后乃至60后的大神级网络作家，实在有点四方云动万国来朝的气派。

当我的同学给我打电话问我在干嘛，我说我在参加成语大会，一同参赛的还有月关、天使奥斯卡、流浪的蛤蟆、高楼大厦，同学语调明显直线升高——你确定？能帮我要个签名吗？

月叔老成持重，而奥叔率性卖萌。至今记得，赛前彩排时的天性解放环节，两人不幸被要求在台上做一组亲密动作，于是我们就看见月叔满面娇羞半推半就，而奥叔大胆热辣积极主动。两人像偶像剧中常见桥段，姿势不雅地跌倒在地时，作家队的颜值担当关熙潮冲到台上拿起话筒，即兴配了一段你侬我侬的"靡靡之音"，惹得全场飘飘欲仙怪叫连连。

据导演组说，第一季成语大会的录制地点，是北京一家特别冷的宾馆，伙食差到无以复加。到后来，很多人都病了，王帆甚至反反复复病了好几次。半个月能病好几次，说明满血复活的能力也很变态啊……

这一季的成语大会，落户在邯郸学院旁边的金龙大酒店，住宿环境优良，伙食也很不错。但每逢录制节目，中午就只能在录影棚附近凑合着吃盒饭了。我是出了名的嘴刁，所以才导致个子不高。每次吃盒饭，都是强忍住呕吐的欲望，才能勉力吞下几口米饭。担心上场后犯饿，又买来面包草草填充，才算了事。还不敢喝水，权当干粮。

进入六强后，紧张焦虑的情绪劈面而来，一连两个夜晚，分秒未能成眠。陈星和马善智都曾在比赛时开玩笑，说张腾岳有难言之隐，其实在总决赛那天，我的难言之隐真心全面爆发了。如果不是胸中含着一口硬气，真未必挺得过去。

当最后的胜利翩然而至，漫天飞舞的彩带在脚下安然堆积，一波波观众围着我们没完没了地合影，你问我胜利的滋味是什么？我完全答不上来。

因为身体上的疼痛，已经攻陷并占满了我的脑神经。我只想找个地方躺下来，静静地等候这汹涌的症状再衰三竭，鸣金收军。

人生多像一出实验戏剧，未经彩排，不设剧本，观众也都是剧中人。无人知道下一幕会发生什么，也无从预测还有什么角色将横空出现，什么角色会突然不知所终。那么多的未知和不确定，永远像星辰，在头顶闪烁。却不一定都是希望，都能让我们喜笑颜开。

往往，琐碎庸常的生活像饥饿的老鼠，每天咬我们脚跟，时间久了我们将困在原地，寸步难行。

要如何反抗呢？

我们嘴里骂骂咧咧，手上却不见动静。

然后我们就老了。

按照周围人的观点，我既然身在一家事业单位，就应该时时惦记着考级、评职称，按部就班地往上走，直到把自己变成一个安常处顺的中年人。像一条哈巴狗，温顺地依偎在体制这个强大的主人脚边。一根肉骨头就能让我欣喜若狂。

也许那样的未来的确有些美好，但不是我真心想要。

人生总要有几次不管不顾，生活需要不断地旁逸斜出。

我愿意露出我身体里的棱角，我愿意在本该循规蹈矩时大马金刀。

也许天早就亮了，但我仍想继续做梦。

不管谁来叫我，我都不准备醒。

未名湖是个海洋

　　我是2006年到2009年在北大读的研究生，此后考博失败，便流落到江湖上来编诗为生。北大三年，波翻浪涌，至今思之，感慨犹深。特别是各色人等风骚百态，绝对是任何其他地方不可多见的洋洋大观。放眼当今社会，太多人出处虽不同风味乃相似，眉眼俱都模糊不清。比较之下，说北大盛产怪人也不为过。

　　三年时间，不过弹指。因为游手好闲，无心学业，反而让我有更多余暇呼朋引类，深入接触到北大学生的方方面面。为了曲尽其妙，少不得旁及他人隐私，故而本文情貌虽真实可考，一应姓字，则属子虚乌有，倘有冒犯，以此免责。

北大占地面积并不小，但因文物保护和总体观瞻的缘故，所有楼盘都是五短身材，不得高过博雅塔，导致校内楼满为患，只能向围墙外伸展。我们那级中文系的研究生，被分在了西墙外的畅春新园，与校内一街之隔，来往略觉绕远，好处则是两人一间，比校内宽裕。

我的室友本科就读于南京大学，生性狂狷，姑且称之为四明狂客。四明狂客和我身高差不多，体型也接近，除了没我帅，其他都像一个模子里刻出来的。我俩又都那么喜欢读书，自然要打光棍。不过我每次误落情网，全是演的内心戏，他就比我直接多了，开学才两三周，就在半夜两点给班里一个女生发表白短信，果然严重碰壁，并在第二天成了所有人的谈资。

那段时间我俩整天出双入对，就连观看不健康的东洋视频都是在一起。有一次我们看得正欢，忘记关门，另一个同学也不敲门就闯进来了。一阵小小的尴尬后，他选择加入观看的行列，却放不下此行原本的目的。原来，他是来找四明狂客讨论学术问题的。

很快两人便一心二用地讨论起了卞之琳的诗歌，却在关键问题上生出了分歧。如我这般不学无术，是断不会与人因观点不同而起争执，这俩人却互不相让，和容悦色迅速演变为唇枪舌剑，我待要劝解，又不能分心，最后眼睁睁看着那位闯入者愤然离去，摔门摔得噼啪响。

直到毕业我也是个雷打不动的光棍，四明狂客却在研二时找了个政法大学的女朋友。从此我打外头回宿舍时，再不敢贸然推门而入，一定要敲好久的门，确认室内并无情况才敢插钥匙。现在回想，晚唐的苦吟诗人贾岛，曾将他一句诗僧推月下门改为僧敲月下门，莫非也是同样的原理……

唐朝的寺庙可真美好。

北大社团林立，无所不包，任凭你有多么诡谲的癖好，也必能找到相应的社团。入校后，我主要在诗词古文社北社和五四文学社活动，偶尔也插足一下我们文学社。

其实，无论北社还是五四，当我本科还在人大时，便已频繁接触，尤其北社恰逢青黄不接，得知我已考研成功，马上急如星火地让我接任社长。所以开学后每到周五，我便要花大量的时间，通知近两百位新招的社员参加周末的活动，直到后来大家热情逐渐式微，人丁日益稀落，这才能长舒口气。

北社的创始人，我想称他为五柳先生，在我大二时便经同学介绍而相识。他读了我写的诗和辞赋，说写得不错，准备邀请我来北大参加北社的一个重要会议，如果能带同学来更好。会址是静园旁边的中文系。

我约了一个同样喜欢诗词的同学一起前往。因他说会前顺便请吃饭，我们便空腹而来，结果接上头的时候他已吃过了，嘴角甚至毫不避讳地沾着饭粒。他也觉得不好意思，就把他的饭卡给我，让我们去食堂随便刷。

等到正式开会时，果然见到了很多北社里响当当的人物，包括后来风靡一时的玄幻作家步非烟。不过这次重要会议的主要议程却非常简单，就是把新印刷出来的数百本社刊装信封，填写地址，邮寄给学术界、诗词界的头面人物。

由于我和同学在重要会议上的良好表现，会议结束后，五柳先生遣散了其他社员，单独带我们去他宿舍，神秘兮兮地拿出来一沓打印稿，给我们念他新写的一篇古文。

我们听了一遍，又对着稿子琢磨了半天，深觉此文阆中肆外，古奥难解，绞尽脑汁也不过得其一二而已，只好拱手叹服，向他求教文章的主旨。

没想到，这篇文章居然是一封情书。两天前被五柳先生交到他心仪的女生手中，此刻还在焦急地等待回音。

我和我的同学惊呆了："那姑娘她能看懂你的意思吗？"

五柳先生踌躇满志："怎么可能看不懂！她钢琴弹那么好！"

以五柳先生之才，称霸学界是早晚的事。他博士毕业后到南开做了两年博士后，接着顺天应人地留北大任教。因为身材如我一般短小，他的情路也十分坎坷，直到前几年才听闻觅得佳偶，琴瑟在御。

相比于北社的孤高清雅，五四文学社则显得热烈奔放。这是北大最年迈的社团，已经有五十多年的历史。创办者是当下诗坛泰斗级的人物谢冕先生，我们平时耳熟能详的几乎所有北大诗人，比如海子、西川、臧棣、戈麦、骆一禾等等，都曾经是五四的社员。

因我大四时获了五四颁发的未名诗歌奖，研究生入学后顺理成章被吸纳到五四的队伍中去。当时，五四已经连续几年未参与全校招新，但凡看谁诗好人好，便伸出橄榄枝暗中延揽，大有几分秘密组织的味道。每周六晚七点，在中文系当代文学教研室讨论诗歌，结束后赴西门撸串。

我生性拙于言谈，号称参与讨论，其实仅限于侧耳倾听。几位大神谈辞如云，长年听下来，着实让我这个只会写诗不会聊诗的人受益匪浅。写诗是孤独的事业，在偌大的北大，每周能集齐一屋子人相互温暖，实属不易。

铁打的营盘流水的兵。每一年都会有老社员功成行满毕业离去，每一年也会有新社员为裘为箕填补空当。在这当中有一人，历时十余年而流连不去，屹立不倒，他就是03级中文系的康乐公。

别人写诗是误打误撞，康乐公写诗大概要算家学渊源。他出身名门，外祖父是北大中文系现当代文学的学科创始人，母亲也是行业内赫赫有名的学者。他打小便居住在北大校园，从北大附属幼儿园、附属中学一直读到北大博士毕业，只可惜没能留校任教，生是北大人，将来死却不是北大鬼，也算一大遗憾。

他本是2001年参加高考，入读北大计算机系，后因抑郁症休学两年，返校后转到了中文系。

早年，他曾以一顶黑色宽檐帽搭配一件银白色风衣风行北大校园，并在一年一度的未名诗歌节上跪地朗诵。当五四的老社员们风流云散天各一方，唯有康乐公坚守阵地，跬步不离。久而久之，便成为五四柱石，诗坛霸主。

康乐公为人仗义，一直是我囊中羞涩时的金主，断顿时的包子铺。但如果现在还有当年古希腊置苏格拉底于死地的那种"毒害青年"罪，康乐公绝对罪加一等。我抽的第一根烟、喝的第一口白酒，都是拜他所赐。别人是喝酒助兴，他是拿酒当饭吃。

每逢外省的青年诗人来北大入朝请安，必定要与康乐公一番豪饮。他酒量深不见底，每有饮酌，辄恋恋不舍，不到更深夜阑，不肯放人归去。有时他酒酣耳热，常如灌夫骂座，意气凛凛，不止一次和邻桌的顾客冲突起来。

还有一次，他和住我隔壁的C君酒后推车，不小心刷擦了路边一辆别克车的车门，没想到车主蛮横，不由分说就打人，双方都被带到了派出所。堂堂北大学生，怎能在自家院子叫外面人如此欺负？当时我便托人在未名bbs发帖说明原委，引得一帮热血学生聚集在派出所前讨要说法。车主吓得不敢露面，最终学生们群情激愤地打砸了别克车，只差没将它掀翻在地。

那是我在北大亲历的唯一一次群体运动，当学生们久久不肯散去，派出所不得不请康乐公和C君出面安抚，他俩像运动领袖一样发表演说劝退众人的场景，至今让我记忆犹新。

下面要说的这位神奇的师弟叫神雕侠，但不要以为他只有一只手。我现在经常厚颜无耻地自号万能文艺青年，其实这个雅称是从神雕侠那顺来的。

神雕侠吹拉弹唱技能全面，又是至情至性人，刚一进校就成了稀缺物资，被各路豪杰哄抢。当此之时，文学社众芳摇落难乎为继，神雕侠原本无心政事，却不得不先做了一年我们文学社社长，又被抓到五四主持大局。他在五四建起了一支乐队，又把未名诗歌节打造成乐与诗的组合拳。平心而论他唱功一般，却总能将全场气氛带到万仞绝顶。说恶心一点，他真像朱自清评价徐志摩那样，是跳着溅着不舍昼夜的一道生命水。所有人都爱死了他。

然而，这样一个飞扬跳脱之人，却逃不过他命定的劫难。他爱上了文学社一个女孩，用了各种戏剧化的方法来表达爱意，却把对方吓得半死。比如他曾埋伏在女孩从图书馆回宿舍的路上，突然从深夜的树丛后面跳出来抱住对方；曾把女孩送上回家的火车然后跳上另一节车厢，一直偷偷尾随到女孩居住的小区。

年少时的爱情，总是这么灼热而唐突。神雕侠花光了所有的死缠烂打、七荤八素，最后女孩在一次文学社活动上爱上了我一个好朋友，挖墙脚成功。

在那之后，神雕侠消沉了很长一段时间。我明显感觉每次见他，他说话的语调都在不断下沉。他骑在高头大马的二八单车上曾经那么威风凛凛，此时却显得孤单而渺小。他把自己放逐到遥远的甘南山区支教一年，把点滴痛苦说给无辜的草木。他穿着军绿色棉大衣骑着豪爵摩托的照片，像极了土生土长的农民伯伯，只除了眼角眉梢那一丝抹不去的忧伤，还带着未名湖畔穿林而过的西风的模样。

毕业后的神雕侠，在香港读硕，到美国读博，如今虽然遥隔天渊，但我知他已开枝散叶，薪火相传，投身学术即为家，情天恨海应有涯。一定是幸福了吧。

奇爱博士是五四的神级选手，诗风豪奢放浪，出语无遮拦。他早年在老家娶妻过日子，后来才出山读书写诗。到了博士阶段，渐感世界之大，家中妻室实在缺少共同语言，便想辞旧迎新，和平演变。不料女方兄长乃乡野粗鄙之人，提着菜刀便杀到了北大，如同天神一般把住了奇爱博士的宿舍通道，若不肯回心转意，那便同样提刀来战。

此事颇曾闹得沸沸扬扬，最终奇爱博士为求息事宁人，选择降心相从。博士毕业后两人在西城某省城安家落户，日子渐趋和美。

陈思王比我晚一年进入北大读博，他有一个名满天下的母亲，是朦胧派的代表诗人。大一时我曾在北师大的一次活动上和他有过一面之缘，不想又在北大相会。

陈思王少小学提琴，长大踢足球，唱歌也是一绝。他还有一个最大的特点，就是正常看和脱光了衣服看，大相径庭。正常看是一个普通知识分子，脱掉他衣服才知他肌肉凶猛。他在健身房最喜欢干的一件事，就是每当看到有人对着镜子欣赏自己健身的成果，他便悄悄走过去，与这人并排站在镜子前，直到那人满面羞惭地默默退下。

中文系的韩毓海老师曾说过一句话：谁说知识分子就不能是猛男？这话恰好应在陈思王身上。然而，岁月不饶人，去年陈思王踢足球摔伤了膝盖，很没尊严地在床上躺了两个月，还插了尿管，整个人的世界观都变了。

我与他数年不见，十一月份终于在北海一次会上重逢。然后我们就热烈地交流起了各自的"难言之隐"……

求学生涯，大抵清苦。没钱请喜欢的女孩吃饭，没钱买像样的衣服。有段时间我发现附近早市有个论斤卖衣服的所在，便算了算自己还有多久毕业，一口气买了好几斤，把衣柜塞得密不透风。结果穿出去没几天，就听说好些人来找我朋友打听：彭敏是不是gay啊？穿得不男不女是闹哪样……

我的一个同学，有一天和我走在路上，不知怎么突然嘴馋，发出一声长叹：我是多么想吃羊肉串啊！

而他想吃的羊肉串，每天都在我们宿舍窗外不足十米远的地方，散发出循循善诱的香气。谈笑风生和喝酒撸串的声音，每晚都会持续到一两点，有时还会持续到我同学的梦中。

正所谓穷则思变，不少人都试着出去揽些兼职。我就曾拉起几个中文系的同学，给一家小出版作坊编写书稿，没想到电子稿一发过去，对方就失联了。后来还是靠着一笔小说奖的6000元奖金，我才把同学们的稿费付清，自己白白投入了精力还倒贴了钱财。

我一个同学颇有商业头脑，从市场上批发了些小工艺品，跑去798、南锣鼓巷这些游人如织的景点叫卖。本来生意尚好，有一天却被几个城管抓了现行。尽管他带着北大证件，但人家怎么肯相信，北大学生会出来这样勤工俭学？撕了他的"假"证件就是一顿好打。就这样"创业"失败。

另一个历史系的哥们魄力更大。专门停学了一年，到广州某地开小店卖情趣用品。只可惜他自己都还是处男，缺少了实践支撑难免处处隔阂，最后灰溜溜地关门回来继续念书。

那是一段星辰大海般的岁月。尽管孤单一个人，却留下太多闪闪发光的记忆。

一辈子那么长，身边的空间却有限，每前进一步，都会和很多原本朝夕为伴的人渐行渐远。即便慢慢地不再通音讯，曾经的付出和相处的情节，却是风吹不走浪咬不缺。

也许过了若干年，在电视上突然看见某个成功人士，指点江山谈笑风生，我会指着他告诉我的家人：这小子是个香港脚，这小子每次失恋都抱着我鬼哭狼嚎，这小子就该去扫大街……

但我真正想说的，或许早已经写在了北大的校歌里：红楼飞雪，一时英杰。问少年心事，眼底未名水，胸中黄河月。

　　未名湖是个海洋，无论多么不舍，我们都已上岸。

既然彼此终将渐行渐远

我有一个初中同学甲，十多年前是死党，十多年来音讯渺茫。

一次同学聚会偶然碰见，他已经是一家小公司的老板。遥想当年初中毕业，我一路从高中读到研究生然后进入北京一家事业单位，他则像我们家乡大多数年轻人一样南下广东，端过盘子干过保安当过学徒，最终通过卖木地板修成正果，在好几个城市都开了分店。

那年冬天我是挤火车回的衡阳，甲则开着他的别克小轿车，威风凛凛。毕业十多年，那是我们初中班级唯一一次像模像样的同学聚会，因此大家兴致勃勃，吃饭唱歌打牌喝酒，连着high了好几天。甲和另外一个同学乙，算是同学里混得最有声有色的两个。尽管聚会征集了所有人一笔资金以供开销，但乙自觉在老家算东道主，抢着买了好几次单，甲则缩头缩脑，不顾旁人起哄，几天下来也没额外掏过腰包。即便在打牌赌钱时，也是输了二百就赶紧起身让出座位，退到一边默默观战。

对他这样克己自律的习气，我当时是有几分欣赏的，心想难怪他能白手起家，混到这个份上。然而很快，甲便让我见识到了他的另一面。

回北京之后没多久，我便接到甲的电话。

"老同学！上次见你，实在是佩服，太有文化了！让我们这些文盲怎么活啊！"热烈的开场白之后他选择很快进入正题，"能不能请你帮个小忙？我一个生意上的伙伴刚生了儿子，特别想取一个有文化的名字，我说这好办，我一同学，北大中文系研究生毕业，我让他给你取！"

我本身就不善于拒绝人，之前那次聚会又算聊得不错，虽然心中窝囊，也只好答应下来。谁让咱读的是中文系呢，老百姓取不出好名字的时候，最喜欢到处找咱中文系毕业的人了。我已经记不清自己到底给多少小孩取过名字了，每次都是旁搜远绍引经据典，还得照顾孩子他爸妈五花八门的要求。每次取名都得修改好几个来回，弄得我心力交瘁，可自始至终这些孩子我一个也没见过，今后也必定是茫茫人海，江湖相忘。

甲的产业全在广东几个城市，他隔三差五便嚷嚷说要我去广州找他玩，然后有天晚上他的电话又来了。这次，是他的公司因为又多开了两家门店，想要改一个更有文化的名字。要得还挺急，我当天晚上没空，第二天不上班，就窝在家里按他提的要求翻遍了《诗经》和唐诗宋词，还真弄出几个自觉有韵味也适合卖地板的名字，比如满庭芳、相见欢等等，供他选择。可任凭我绞尽脑汁，他却总不满意。到后来我已经明白了自己之所以还在坚持，并非顾念当年的同学情谊，只是性格中的弱点让我不知该如何冷峻地拒绝人而已。这事前后折腾我三天时间，终于在我又发过去几个名字之后他没再吱声了。

过了两天我微信问他，最后定了哪个名字？

他说就叫黄家木业！谐音皇家木业，又气派，又尊贵，还把我的姓给嵌进去了！

我内心的崩溃无以言表。

是的，在折腾我好几天之后，甲自己想出了得意的名字！我恭喜他这么机智，可拜托他下次自食其力的时候，不要再抓我过来做观众了好吗！我为什么那么贱为什么不一开始就干脆地拒绝？他自己的事情难道不应该他自己去绞尽脑汁搜肠刮肚吗？如果没有我这个中文系研究生毕业的同学，他公司就不改名了吗？

从那以后，他的朋友圈我再没点赞过。

今年6月，我随凤凰文化代表队到安阳录《中国汉字听写大会》的第四现场。其间，又接到了他的电话。

毫无疑问，又是想抓我的壮丁。看到手机屏幕上跳跃着他的号码，我心里已经开始冷笑了。

果不其然，一阵简短有效的寒暄过后，甲再次夸奖了我的文采并提出了他的请求。如今他公司已小有规模，却始终缺少一份能让客户耳目一新的宣传文案。招聘来的文员怎么写他都觉得差了太远，于是又想起我这个北大中文系毕业的老同学来了。

我用非常冷淡的口气说："我凭什么帮你写文案？

你又不是我老板，又不付我钱。"

他有点意外，但还没有放弃希望："你那么有才，写这个不是动动手指的事嘛。"

我终于爆发："我现在跟你很熟吗？我难道整天游手好闲没事干，就等着帮别人义务劳动吗？"

在生活中，我们常常对某个人一再地虚与委蛇或是隐忍退让，总觉得拂了人家的面子以后不好相处，但其实，若此人总将你推向这样两难的抉择，他在心里早就没有考虑到你的感受，他早就没打算跟你好好相处了。他对你的唯一需求就只是盘剥你的心力，让你帮他解决这样那样的事情而已。你并不需要那么多总是让你为难的朋友，对这样的人，一定要及时翻脸，及早了断。因为你再顺从再听他驱使，他只会觉得你很好利用，并不会感念你的情分。

要知道，真正的朋友，是会心疼你、为你着想的。

在我还不善于拒绝人，不懂得如何取舍人际关系和管理自己的时间，多少平时不怎么联系的人怀揣各自的目的找上门来，我都照单全收了！我给一个高中同学的大学同学写过演讲稿，我跟要演讲的那位根本就素不相识。我花一周时间帮一个年长的朋友修改过一个中篇小说，结果人家还是觉得自己最开始的版本更好。最荒唐最虐心的一次，现在想想都觉得自己那么不可理喻！

那是2006年九月中旬，我在北大读研的第一个月。一天晚上六点我接到本科同学丙的电话，照例在一阵寒暄后进入正题。事情是这样的：丙在某省城一个要害部门做公务员，整个系统正在为国庆筹备盛大的晚会，他们部门领导就让新来的几个年轻同志出个节目。他们又不会唱又不会跳，唯一的选择就是排一出话剧。经过群组讨论，中心思想和主要内容很快定了下来，说一个大学生刚毕业来到某机关单位，看什么都不顺眼看什么都觉得腐朽陈旧，后来经过工作和生活中一系列变故，才终于深切地悔悟了自己的幼稚和自以为是，发自肺腑地理解了组织的正确和温暖。

为什么找我来写这个剧本？因为同学当中就数我文笔最好呀。

丙和我并不算特别熟，但也不算特别生疏。这种情况下，最难取舍。搁现在，这种破事儿我早就一口回绝。每个人都应该只做自己力所能及的事，揽下了瓷器活，却跑去别人那请金刚钻，谁有这义务来成全你的非分之想？何况这活儿工程并不小，鲁迅先生早就说了，白白消耗别人的时间，那可是谋财害命！

尽管感到为难，我还是答应了丙。当年的我，就是那么不会拒绝人。他提了一个最大的要求，就是一定要幽默，要搞笑，最好让观众从头笑到尾。

丙给了我一天时间来写这个搞笑剧，挂掉他电话大约是六点一刻。

半个小时后，我接到了父亲的电话。

他才说两句，我的喉咙就哽住了，用力压制自己才没有哭出声来。

先前，夏天的时候，我82岁的奶奶就已经在老家的医院几度病危。我守了她半个暑假，看她病情稳定才来安心上学。哪里想到，终究还是没能久留。

我火速订了第二天早上的机票回衡阳。

然而，就在半小时前答应丙的事情怎么办？

直接坦白实情，然后撂挑子走人吗？

他会不会觉得我推三阻四瞎扯淡？这同学还要不要

做了……

在一阵波澜壮阔的内心戏之后，我做出了一个伟大的决定。

熬通宵写完了那个剧本。

天知道我是怎么做到的。一边忍着那样的悲痛，一边绞尽脑汁琢磨着怎样让某个机关的领导全程忍俊不禁。

把剧本发给丙之后的十五分钟内，我就拖着箱子出发了。

丙得知了整件事情的来龙去脉是在三天后，他打电话过来时我奶奶的丧礼已接近尾声。我从他语气里清晰地读出了震惊、感动和歉疚，这让我心里生起一阵温暖。

——只可惜，这并不是个同学情深的故事。实际上，那便是我和丙的最后一次联系。九年来，我们没再见过面，也没通过任何音讯。包括他回北京时请了几个同学吃饭的消息，我也是从别人那里听来的。

友情就是这样的东西，并不会因为你委屈自己帮了别人一个什么忙而变得更加醇厚。每个人都有自己的一摊事，都需要把有限的时间投入在最有希望获得回报的地方。真正的朋友，一定理解你的发愤进取，你的只争朝夕，不会平白给你添乱。当有人想要强行征用你的时间来操办他的眼前利益，你必须如此心明眼亮：这世上大多数人都将是你生命中不留痕迹的过客，所以也没几个人值得你这般付出。那人之所以乐于向你提出非分的要求，就是因为他心中早已明了：花光了你们之间原有的那一点点情分后，彼此终将渐行渐远，他也就不用担心会在某年某月某日再来回报你曾经的付出。

当然，我并不是在倡导当朋友遇到困难时拒绝施以援手，两者之间有本质的区别。真正的朋友，一定是彼此守望相助疾病相扶持，而不会是单方面的榨取和苛求。你为朋友做出的一点点牺牲，他也将拳拳服膺地记在心里，只要你遇到困难和挫折，他就像十五的月亮悄悄出现在你身后。

自己不努力，就别怪别人势利

W君越来越不喜欢社交了。

一桌陌生人，端着酒杯互换名片，或者调出二维码加微信好友，尽管素昧平生，却满口称兄道弟，谈笑风生，杯盘狼藉，逢场作戏，乐此不彼。

W君不明白这样浪费时间有什么意义？他宁愿宅在家里，一个人刷爆一部美剧，或者跑到家旁边的公园，一坐就是一个下午。

于是，就连同学聚会，也找各种借口推掉。一下班，就窝在租来的小屋离群索居。

虽然形单影只，倒也自得其乐。

"你又没有女朋友，又不出来交朋友，老这么一个人憋在家里，不怕把人憋坏了吗?" 我屡次打电话邀请W

君，都被他各种推托，实在好奇他葫芦里卖的什么药。

"整天吃吃喝喝有什么意思？还记得孔夫子说的饱食终日，无所用心吗？我可不想变成那个样子。"W君立场坚定，不容撼动。

"都几个月没见着你了，这次不吃饭，就打台球练技术，实在不行谈谈人生和理想，这么积极益智总可以了吧?"

"你这人倒是有点诚意，容我考虑考虑。"

然后电话里就传来了嘟的一声。

其实，大学时的W君并不是这样。那时的他，是个舞文弄墨的好手，吹拉弹唱的能人，插科打诨的宗师，有他在的地方，总少不了欢声笑语。他性格开朗，兴趣广泛，在每个领域里，都结交了许多志同道合的好朋友。他不愿意花时间做兼职，经常穷得兜里只剩五块钱，却总有人请他吃西门烤翅，即便下一次，他仍然请不起，仍是别人请。他精打细算分配着自己在每件事情上的时间精力，保证它们齐头并进，均衡发展。他的朋友遍布校园，聚会时欢喜无限。

虽然他不高也不帅，不是富二代，在所有聚会里，他都是不容忽视的一员。

那么，事情是怎么变成现在这个样子的？

毕业后，读书时的圈子渐行渐远，终于烟消云散，他有了新的朋友，新的聚会。怎么说呢？他的工作找得不算好，是一家日薄西山的老牌国企，做着与时代严重脱节的奇怪业务，非常小众，说出来铁定没人知道。对工作范畴内的社交，他兴致不高，可如果参加其他聚会，又会显得落落寡合。每个人在社会上都有一个标签，是对你身份最核心的概括。上学时这个标签是你就读的学校，工作后就成了你所在的单位。W君从小到大读的都是重点小学、重点中学、名牌大学，行走江湖自报家门时腰板一向挺得直直的。他习惯了陌生人听完他自我介绍后发出的那一声惊叹，也很享受聚会时一桌人以他为中心展开话题，或者至少被频繁地提及。

而现在，他经常要面对的情况则是：

什么公司？

哪几个字？

是在北京吗？……

其他人的单位则十分"通俗易懂":百姓日用的媒体、妇孺皆知的国家机关、羡煞旁人的垄断国企、如雷贯耳的跨国公司、神鬼莫测的金融机构……很快他们就聊得热火朝天,互相加了微信,纷纷表示以后要经常相聚,且希望能有合作的机会。桌上那些公共话题,紧扣时代的脉搏,又和几乎每个人的工作都有密切关联——只除了W君。结束时,三三两两拉手扶肩,流连话别,有些还是开车来的,执意要载这个一程载那个一程。忽然间,W君发现自己不声不响地站在一边,成了局外人。

经过了几次这样的情形,W君就对社交产生了恐惧症。

在那样拓展人脉、兑换资源的场合,W君一事无成,两手空空,没什么值得他人一哂的东西,自然没有脸面混迹其中。

本来W君守着自己的心事,就像耗子守着刚刚偷来的残羹冷炙。如果不是某次我灌了他几两二锅头,上面这些情况,他一定妥妥地烂在肚里。男人的尊严就是这么奇怪的东西,如果你没能走到离他心灵近在咫尺处,就别想让他袒露内心的虚弱和苦闷。

"那些人啊，都可势利了！你没有资源没有地位，根本当你不存在！嘴里说着幸会幸会，却满桌子找人碰杯唠叨半天，就不回自己座位上和我这个邻座多说几句话。这样的人，谁爱跟他们玩？"W君愤愤然又闷了一口酒，掩饰不住眼里落寞的神色。

这次交流的结果让我无比感慨唏嘘，却又觉得有什么地方不对劲。

那些"势利"的人，他们错了吗？W君自己，难道不是也喜欢和更有资源更有地位更优秀的人交往吗？

广义上的"势利"，大概是每个人都无法避免的心理机制。两个女孩，我们会天然更喜欢漂亮的那个，而对其貌不扬的那个提不起神来。一个人庸庸碌碌，一个人才华横溢，一个人闷头闷脑，一个人幽默风趣，一个人平淡无奇，一个人名声在外，一个人普普通通，一个人身居要津，我们大概都会喜欢才华横溢、幽默风趣、名声在外、身居要津的那个，而对庸庸碌碌、闷头闷脑、平淡无奇、普普通通的那个，没有多少兴趣。也许那人平淡无奇的表面下，暗含着许多珍贵的品质，并且得到他知交好友的喜欢，但对一个初次见面的陌生人来讲，显然来不及细细体会那些不明显的优点，而只会被别人耀眼的闪光率先吸引过去。

当一群人在一起的时候，总是有人处在重要的位置，有人处在不那么重要的位置。很残酷，这在很大程度上取决于你混得怎么样。在读大学时，W君身居名校又颇有才华和见地，他一直是那个处在重要位置，并且闪着光芒吸引别人的人。当一桌人在聚会时都围着他转，他大概没有觉得这种状况有什么不妥，当然也不会觉得那些围着他的人是不是有点"势利"。而到如今，时过境迁，他不再是那个意气风发的天之骄子，而是堕入凡尘成为一个普通人。整个社会的秩序更加强烈地倾泻在他身上，他却开始质疑人际交往中的这种行为定势了。

其实，和优秀的人做朋友，未必需要整天惦记着人家的什么资源和人脉，这件事情本身，对我们就是极大的刺激和激励。别人的年轻有为，会焕发我们的发扬蹈厉。别人高瞻远瞩而又循序渐进求取成功的过程，也会对我们前行的脚步产生积极的助力。即便珠玉在侧时常让我们感觉自惭形秽，这种自惭本身，就将催动我们努力思考和行动，好让自己能跟别人不卑不亢地并排站在一起。

读书时那种声气相求、百分百不计功利的友情，进入社会后自然会变得极度稀缺。倘若遇到了，那是你的幸运。倘若遇不到，也不要腹诽他人势利。须知，人际交往需要极高的时间成本，就连孔夫子都说了"无友不如己者"，谁不希望在结交朋友的同时，还能携手并进，互为表里？

我很想告诉W君，在这个世上，没有无缘无故的冷淡，也没有无缘无故的追捧。你可曾想过，那个在聚会中高谈雄辩，让所有人捧腮倾听的人，他付出了多少努力，才成了一个让别人这样感兴趣的人？也许他也曾是只丑小鸭，却在黑暗中不断修炼自己的才华，直到长出靓丽的翅羽，成了别人眼中的白天鹅。也许他身高不高相貌粗陋，从来都得不到女孩子的正眼，却通过常人无法想象的艰苦努力，收获了巨大的名声和财富，开始被人们称作"钻石王老五"。

当某人受到追捧，一定是他取得了足够的成绩，下了相应的苦功。

而如果你在别人心中的地位可有可无，说得苛刻一点，你一定是活该。

反观W君这些年的生活，实在令人扼腕叹息。他工资水平一般，却有北京户口，难免驽马恋栈豆。他对自己的职业前景和上升空间深觉无望，却狠不下心来另谋高就。平稳而舒适的日子像一根倒刺钩住他的脚踵，他既不能放弃安逸，冲到社会上去闯荡拼杀，也没有想过在工作之余，是否还能做些什么，来改变目前这种庸庸碌碌的状态。更何况，在同学当中，他并不算混得最差的，有的人甚至混到无声无息地消失了，再不与大家联系。

因为单位事务不甚繁忙，极少加班，W君其实有大量自己的时间。他每天慢慢悠悠地上下班，回到家里就看看热播剧、刷刷娱乐节目，兴致来了还会打通宵的星际争霸，偶尔读书，也限于市面上泛滥成灾、毫无营养的那种。他坚持自己做饭，虽然略显麻烦，却也吃得健康。他还是一把省钱的好手。他会花两个小时比较三家超市的床单差价，然后挑出最价廉物美的一条。虽然没有女朋友，但在相亲时他却从不将就。他总觉得自己应该要有一段特别浪漫美好的爱情，而不是守着个黄脸婆过乏味的一生。至于如何才能得到这样一份天下无双的爱情，如何努力才有希望得偿所愿，他却没去好好想过。也许，他寄希望于那个女孩超尘拔俗，一点都不"势利"吧。

我曾经很奇怪，我有一个朋友，每次见面都算聊得不错，他只要一发朋友圈我都会点赞，他有重要的文章，我还会积极地转发并配上热情洋溢的文字。但他很少给我点赞，当我给他留言时他也是草草发几个龇牙的表情了事。而对圈里一个大牛，他却相当地热情，即便是我这种无时无刻不在刷手机的人，点赞的速度也总是慢他一步。而他和那个大牛，甚至都没有见过面，只是加了微信而已。

当我发表了一些小说，获得了汉字听写大会的冠军后，我发现他逐渐开始给我点赞了，偶尔还有简单的留言。当我又获了中国成语大会的冠军，他的兴致明显更高了。动不动就在我转发的文章下面和我聊个没完，还经常在朋友圈提我的名字、转发我的文章并且@我。

还有一个女孩，初次见面我们一拍即合，连着几天都在聊微信，几乎没怎么停过。她几次催我读她的诗歌，并且往我们《诗刊》杂志送审。

因为她工作需要，我给她介绍了很多我的作家朋友，他们都比我有名。她只要知道我有饭局，就会风风火火地赶过来，以至于朋友们都开始旁敲侧击：你俩都是单身，互相没有考虑考虑？我笑笑，心里也以为不是没有可能。

然而在席间她对我的朋友们明显更有热情，并且很快就表现出对我其中一个朋友格外的兴趣。那个朋友已经是在文坛小有建树的青年作家，而我却还初出茅庐鲜有著述。她在朋友圈向我那个朋友频频抛掷橄榄枝，还跟我打听他是否有女朋友。在得到肯定的答复后，她转而询问：那他俩感情好吗？

即便是在我专门为她张罗的饭局上，她也不掩饰对我的冷落。她用不屑的语气批评我不好好写作，却到处去参加电视节目，又混不出个名堂，一把年纪了怎么还这样不务正业呢！

后来我们就不怎么联系了。过了很久，当她发现，关于我参加成语大会的消息和视频，隔三差五就会在她的朋友圈呈现刷屏的态势，她又跑来问我，能不能拜我为师？还称我为潜力股。

不知你有没有过这样的体验：平时在刷朋友圈的时候，我们有可能会点赞和评论的朋友，其实就那么一些。大多数"好友"，与我们基本处于互相不闻不问的状态，甚或直接在设置中挑选了"不看他的朋友圈"。但只要某一天，突然看到某个"好友"获了大奖、考上了世界名校、出版了畅销的书籍、获得了一大笔创业投资，以及诸如此类的成绩，我们就会忍不住点个赞，并且今后再刷朋友圈的时候也对他青眼有加，时常关注。这种手痒几乎没有意义，却又出于本能。

同理，如果我们自己在某个领域突然折腾出了什么动静，就会发现，很多泛泛相交的朋友都来频频点赞，锦上添花。甚至还有些久不联系，几乎已经忘掉的朋友，辗转找到电话和微信，就为了道一声祝贺，似乎在提醒我们，茫茫江湖，大家也曾是朋友。苟富贵，不要彼此忘记。

不要问他们平时都在哪里，也不要觉得人家势利，须知，别人的每一分笑脸相迎，都是对我们勤奋的最大鼓励。别人的每一次横眉冷对，也是对我们碌碌无为的严厉抨击。

倘若自己不努力，那就别怪别人势利。

拿开你的遮羞布

我的朋友米在东觉得，找工作真是一件特别没劲的事。

该跑的招聘会、该刷的网站、该投的简历，他基本不落，参加过的笔试、面试也不胜枚举，offer当然也有，却总不能令人满意。

身边的同学陆续尘埃落定，虽谈不上皆大欢喜，至少也是差强人意，只有他，还悬而未决。

所以，当小龙和锦琛分别被中石油和农业银行总部录取的消息传出来时，米在东的第一反应就是：怎么可能?!

这俩人的底细，米在东再清楚不过了。小龙天天打游戏，重修一大堆，而锦琛看长相就觉得其母生育技术欠佳，说起话来还二不拉几，收发室的大爷都烦他烦得要死，难道，中石油和农行这种地方，是用"你看我口味是不是很重"的方式招人的吗？

世上没有不透风的墙。经过一番打探，谜底很快便浮出水面。

原来，小龙和锦琛，一个是厅级干部之后，一个是家累千金的公子哥，读书期间不显山露水，只有到了找工作的时候才发动了拼爹技能。

"原来，不是自己不够努力，而是爹妈不够努力啊！"米在东这么跟我说的时候，脸上全是如释重负的神情，"跟富二代、官二代这种逆天的存在，有什么好比的呢，必须甘拜下风啊！"

我知道，这时候我理应点头称是，最好再附送几句脏话，抨击一下这个不公的社会。可是我却忍不住问他："跟小龙和锦琛是不能比，那王振和东子呢？听说他们工作找得也不错，他们可都是地地道道的农民家庭出身呀。同样是靠自己，人家怎么就谋了个好去处了？"

米在东支支吾吾地辩解了一大堆，大致的意思似乎是，王振就是个书呆子，上了大学还像高中那样天天背书，就为了考第一，别看他工作找得还凑合，将来到社会上肯定是处处碰壁。而东子呢，刚好相反，无知得根本就不像是考进来的，但是特别会来事儿，天天跟系里做学生工作的老师混在一起，结果不管是实习还是工作的机会，都被他近水楼台捷足先登了。

听到这里，我就没再作声了。因为我相信，无论我说什么，米在东一定都会找到理由，解释自己为什么没找到好工作而别人却找到了。

那之后的好几年，我和米在东都没有碰面。听说他最开始去了一家门户网站做运营，几年间频频跳槽，做过影视策划、图书编辑、文化记者，都没什么大起色，有段时间盛传他要自己出来单干，具体的创业方案都拟了好几个，最后却都不了了之。

终于有一次，我俩在一个饭局上不期而遇。他看起来没什么变化，只有发际线略微上移。那阵子我炒股亏得几个月也舍不得买条新内裤，一见他就不停地倒苦水。想不到他比我亏得更厉害，整个人怨气冲天，觉得全社会都欠了他什么似的。

我说:"炒股这事儿不就是投机取巧不就是赌博嘛,亏了,自己愿赌服输不就得了,难道还需要怨天尤人吗?"

米在东不这么认为,他断言股市下跌,政府责无旁贷:"那可都是老百姓的血汗钱,就这么白白地打了水漂,哪个国家的政府忍心这样对待无辜的老百姓?再这么跌下去,证监会那帮官老爷都该下台!"

"可是,哪个国家的政府有义务让不肯踏踏实实工作的老百姓不劳而获?"这句话就在我嘴边蹦跶,又被我强行咽下。

我们朋友中还真有人在那两年的股市中狠赚过一笔,因为牛市接近尾声时他恰好需要钱买房,就连本带利从股市撤资,躲过了后来持续数年的大熊市。而米在东因为贪心不足,一直不走,最终被套得死死的,想走也没法走了。

我们聊起了各自的工作,聊米在东的创业计划。他又开始愤愤不平:"我待的那些小公司,平台太差了,什么也干不了。同事都low得很,简直没法一起愉快地干活。领导的智商也高不到哪去,净在那瞎指挥!要是给我个好点的环境,我能干多少事啊!"

我顿感无语："那你毕业那会儿，怎么就没好好找家称心如意的公司呢？"

米在东又抛出他的老观点："啥关系也没有，怎么找到好工作？"

"实在不行，你可以自己出去创业啊，这个只要你敢拼敢闯，总会有收获的吧？"

米在东把头摇得跟拨浪鼓似的："我也曾经这样痴心妄想，现在算是彻底明白了，在这个社会上，你要是没家底、没关系，真的啥也干不了！我曾经把巴菲特、比尔·盖茨、王石、潘石屹这些人当成是白手起家的偶像来崇拜，真以为自己可以像他们一样，用勤劳的双手和智慧的大脑来改变命运。可后来才知道，巴菲特和比尔·盖茨都是富二代，王石有个做省委书记的岳父，潘石屹有个富豪老婆！那些励志故事里的平民偶像，到头来都有个显赫的出身和很硬的后台。就像童话里的丑小鸭，它为什么能变成白天鹅？因为它本来就是白天鹅！我们这些出身寒门的人，一没钱，二没资源，再怎么折腾，又能改变什么？"

听着米在东这一番慷慨陈词，我感觉这人一辈子已经毁差不多了。也许他要到七十岁八十岁才被火化，但他的死亡其实在那时候便已经开始了。他说的那些话，不仔细想，貌似还真有些道理，但结果无非是让他能够心安理得地混日子，做一个不思进取的失败者而已。因为努力先被判定为无用，那自然就犯不着再拼死拼活地劳累自己了。毕竟，奋斗那么辛苦，而舒舒服服地待着，对谁都是个难以抗拒的诱惑。

出身好、有资源的人，的确可以凭着得天独厚的优势先行一步，比普通人更快获得成功，普通人奋斗一辈子也许还不如人家坐吃山空。但，寒门就真的出不了贵子吗？普通人就真的毫无机会吗？没必要不厌其烦地列举出相反的案例，因为这样的例子真的太多了，只不过米在东不愿意去面对而已。而且，就拿富二代来说吧，他们之间难道没有竞争和淘汰吗？世上富二代那么多，有几个人能成为巴菲特、比尔·盖茨？有多少人能青出于蓝，在父辈的基础上别创辉煌？又有多少人坐吃山空，最后落得个家道消乏？如果米在东是富二代，大概也会是个碌碌无为的富二代吧。

我想起我另一个朋友，一个90后的女孩子。她上大学的钱都是家里跟亲戚借的，大一时就没买过新衣服。当她的同学都在谈恋爱、追美剧，她已经开始拼命写书，还到处参加电视节目，如今她已是半个网红，每个月都给家里寄钱。

　　我曾经问她："你不觉得这世界很不公平吗？你的同学用家里的钱在温暖的校园里过着舒服的日子，你却一个人到社会上闯荡，还经常被恶人欺负，被老男人调戏……"

　　她笑着说："不能改变的事情，抱怨又有什么用？有那个发牢骚的工夫，我能多码多少字，能参加多少节目啊！也许我再怎么努力，跟那些出身好的同学相比，还是有天壤之别，但我已经赢了我自己了，在努力的过程中看到的那些风景，也是四季如春的温室里所没有的。"

　　她有一次参加一个演讲类的电视节目，在争夺冠军的时候，节目组明显偏心，她的表现有目共睹，最后夺冠的却是一个美国顶尖名校的美女学霸。

　　我问她："你不怪节目组吗？论实力、论人气，肯定该你赢啊。"

她瞪大了眼睛："为什么要怪节目组？他们有他们的考虑啊。我讲得或许比那个人好，但我长得又不好看，也没有那么光鲜的文凭，得了冠军观众也记不住我的。而她，一定有很多人喜欢，她得冠军，对这个节目更有利。至于我，这一次的收获已经足够多了，下次我还会在这次的基础上更上一层楼的。我觉得古人有句话说得很好，尽人事，听天命。我们做任何事情，恐怕都难免遇到错综复杂的外部环境，但我相信，不管外在的因素如何错综复杂，只要我自己多出一分力，我的未来就一定会多一分美好。努力的效果，不一定马上就能看到，但这种效果肯定潜移默化地存在着，它不是兑现在这里，就是兑现在那里。命运虽然傲慢，也会为一直在努力的人而折腰。"

这个女孩子的想法和米在东相比，是多么的不同！一个人总在为平庸找借口，一个人却在为成功找理由。

有那么多借口做盔甲，米在东大概的确做到了保护自己，不被失败的现实所伤害。他用命运的嫌弃和各种外在因素的不配合，为自己的平庸做了一次漂亮的辩护。他还对别人的成功嗤之以鼻。

他如愿以偿地把自己安置在避风港里，同时也就失去了投奔怒海，在风口浪尖弄潮的勇气。

一块精致的遮羞布，帮他遮挡住了平庸和失败的耻辱，但他也就错过了"知耻近乎勇"的机会。

在很多人的成长过程中，都曾有过一次甚至不止一次深受刺激然后开始发愤图强的经历。正是这样的刺激，让我们意识到作为弱者的悲哀，同时给了我们成为强者的渴望。如果你没有受过这样的刺激，你可能永远不会意识到，你的处境其实远没有自己以为的那么乐观。你把自己放置在一个四平八稳的环境里，习惯了安常处顺，习惯了和平庸者作比较，久而久之，你就失去了对现状的不满，觉得这样生活下去没什么不好。只有当某一天，一个和你年纪相仿的人，金光闪闪地出现在你面前，你才悚然心惊——为什么出发的时候大家都差不多，而经过多年以后，别人成了名人、青年领袖、成功人士，而你却默默无闻，碌碌无为？

说一个我和我"同班同学"的故事吧。

我从小算是成绩优秀，一直当着"别人家的孩子"，从南方一个偏远小镇考到人民大学，十里八乡可谓无人不知无人不晓。搁古代，大概勉强算得上乡贤了吧，所以，尤其走在老家的街道上时，我心里是难免会有些沾沾自喜的。然而，大一刚入学，我就被人文学院同级入学的几个新生给惊呆了。虽然他们平时不怎么来上课，后来还转专业去了商学院，据说至今都没能毕业，但当时院里可是给他们举行了盛大的入学仪式，主要的校领导也都来了。仪式结束后，一波波的媒体采访，一波波的观众签名、合影，让我这个从乡下来的野孩子备感震撼。我第一次意识到，原来一个和我年纪差不多的人，竟然可以取得如此大的成就！他们的金光闪闪，一下子灼伤了我的庸庸碌碌。

他们的名字，说出来你一定知道——郭晶晶、吴敏霞、桑雪、胡佳……

只要稍加努力，每个人都会有自己骄傲的领地，可只要你跳出这一亩三分地走到外面，你就会发现世界大得无边无际，比你优秀的人俯拾即是。这时候，不要去找这样那样的借口，解释自己为什么没有别人优秀。你不需要这样一块遮羞布，好让自己舒舒服服地待在原地。你应该思考：别人是怎么走到你前面去的，而你又该怎样，才能大步流星地奋起直追？你是否一直在努力，是否为自己的理想积聚了足够的品质与才华？你坚定不移地准备好，成为一个与众不同的人了吗？

很多时候，我们都会觉得有些东西离我们很远，仿佛根本就不可企及。我们在心里先就认定了自己不可能做成那样的事情，于是"明智"地选择了急流勇退，转战到另一个似乎更加切实可行的目标。而其实，很多看似宏大的事情，都是由普通人一步步做出来的。正视自己此刻的境遇并且感到羞耻，便能够获得前行的动力。没有哪一样发光的事物，不曾羞愧过自己曾经的晦暗，并且在晦暗中默默积累能量。

不要害怕眼下的平庸与失败，光芒万丈将是你无悔的未来。

不要以为一生漫长

M君是个绝顶聪明的人。他无论做什么，几乎都是立竿见影。

写诗两个月，就写得像模像样。第一篇小说，就在微博上得到了几十个评论。学吉他一个暑假，就能上台弹唱。试着自己写了几首歌，居然在朋友圈好评如潮，大家齐心协力怂恿他去报名参加《中国好歌曲》——结果自然是没有选上。

大多数人的日常生活都是平平淡淡，而M君总是不断在收取各种夸奖。尽管他写诗不如W，小说只能算新手上路，吉他也与Z相去甚远，原创的歌曲中还存在诸多不合音律的地方，但，毕竟多才多艺，哪个圈子里都有他一分光芒。

为此，M君也时常感到苦恼：可以做的事情太多了，到底要怎么选择？究竟做什么，才能获得最丰厚的回报？他自己不知该如何取舍，就希望生活能自动给出答案。

他花了整整一周时间搞出一个短篇小说，去参加系里一个评比，结果却只得了个优秀奖。他不能理解：我处女作就在微博上评价那么高，这篇呕心沥血之作，怎么会拿不到第一名？

他新写出一组自己非常满意的诗歌，兴冲冲跑来问我：我的诗和那谁谁谁比，哪个更好？

我的答案当然是那谁谁谁。

他很不高兴：那谁谁谁的诗，我根本就看不出好在哪里，你到底有没有认真看我新写的这组诗啊！

我只能实话实说：你写诗才几个月，那谁谁谁都写好几年了好吗！大家都在努力，凭什么你做任何事情都该一步登天啊！你已经聪明到那个份上了吗！

M君又坚持写了几个月的诗和小说，终于把兴趣转到音乐上去了。他想不通，那么多朋友都说他写得特别好，其中有几个还是大名鼎鼎的人物，为什么就没有权威杂志愿意发表，没有文学奖评委慧眼识珠？

M君的原创音乐，果然又在朋友圈被热烈点赞。大家都说，没想到你不光会写诗写小说，作曲唱歌也这么好听，真是才子！为你骄傲！

M君非常开心，做梦都想笑。他觉得他把写诗的谁谁谁、写小说的某某某都比下去了。说到底，每天码字敲键盘多乏味呀，哪里赶得上音乐那么光芒四射，万众瞩目！

看他那么志得意满，我忍住了没有问他：你那些专业搞音乐的朋友，听了你的原创曲目，都是怎么评价的？他们说好了吗？

在我身边，像M君这样聪明绝顶一点就通的人，还真是不少。

孔夫子曾说，君子不器，意思是君子心怀天下，不能像器具那样，作用仅仅限于某一方面。M君们绝对是君子不器的典范。他们不狭隘，不偏科，做什么事情都得心应手，旺盛的精力四处流溢。

给他们一个话筒，他们能唱歌能主持。学生会办一个乒乓球赛，他们不声不响就名列前茅。英语演讲比赛有他们英姿飒爽的身影，学术创新评比有他们孜孜不倦的结晶。听一场马云的讲座，他们能噼里啪啦弄出一大堆创业计划。参加电视节目，也能让周围人刮目相看：看你平时不显山露水，没想到知识储备如此惊人！

整个世界的大门，似乎都为他们敞开。无论朝那个方向迈步，都会有鲜花和掌声。

他们习惯于被人注视，习惯于一出手就四座皆惊。他们不能忍受在黑暗的区域默默无闻，哪里能更快得到别人的认可，哪里便是他们前进的方向。

然而，他们中很少有人能意识到，这种快速上手诸多事务的能力，既是上苍赏赐的才华，也可能是一辈子误导他们的陷阱。

荀子在《劝学》中提到一种动物叫梧鼠，也算多才多艺的模范。只不过，它能飞却飞不上屋顶，能爬树却爬不到树梢，能游泳却游不过河谷，能打洞却打不出能把自己掩护起来的洞穴，能跑却跑不过随便一个人。

这多像我们生活中见到的M君！正因为梧鼠"杂技"很多，但无论做什么都不精，所以荀子说，梧鼠五技而穷。会的虽多，却免不了陷入窘迫的境地。

我的另一个朋友L君，日常生活中简直是个极度乏味的人。他从乡下来，个头不高，普通话不标准。他不会唱歌，不会喝酒，一说话还容易脸红。

刚上大学的时候，别人都去参加各种社团活动，结交朋友，崭露头角，而他每天泡在图书馆里，两耳不闻窗外事。时间一长，同学少年多不贱，很多都混成校园里的风云人物。不是大型社团的社长，就是在学生会辖据一方，举足轻重。不是人人瞩目的十佳歌手，就是名声在外的辩论明星。

而L君每天每夜沉浸在自己的商学专业当中，无论这些额外的灿烂喧哗离他有多近，他也从没想过伸出手来触碰。唯一一次在讨论课中被老师点名上台演讲，他也讲得磕磕巴巴，气氛尴尬。

大家都知道L君勤奋刻苦，每学期成绩必定是班里第一，但大学不同于高考，分数再高有什么用？将来到了社会上，大家手里拿着的还不是同一张文凭。

L君因此成为书呆子的代表，永远一个人在暗处，看着别人的轻歌曼舞，左右逢源。

事情开始起变化，是在L君读博士阶段。L君长期关注互联网金融创新行业，并不断有文章发表在业内的权威刊物和媒体上。在银行业故步自封裹足不前时，这些研究如星星之火无人问津。随着国家金融创新政策的大步推进，L君的先见之明就被几个天使投资敏锐地捕捉到。

经过几次接触后，天使们觉得L君身居最高学府，为人勤勉踏实，又有自己的想法和执行力。

一个月后，一笔1000万的先期投资注入了一家名叫未名天下的初创公司，L君出任董事长兼CEO。

最高学府在读博士摇身变为创业公司董事长，且是正处于风口浪尖的互联网金融领域，这让大批京城媒体趋之若鹜。铺天盖地的采访报道，让L君的公司尚未站稳脚跟便名动天下。L君也迅速成为一代青年领袖，各种荣誉纷至沓来，镁光灯闪烁不停。

如今，再在电视上看到L君时，他当年的青涩初心仍旧隐约可见，但已经多了几分指挥若定。而未名天下经过几轮投资和媒体热炒，估值已是天文数字。

美国作家格拉德威尔在《异类》一书中指出："人们眼中的天才之所以卓越非凡，并非天资超人一等，而是付出了持续不断的努力。1万小时的锤炼是任何人从平凡变成超凡的必要条件。"

要成为某个领域的专家，需要10000小时。如果每天工作八小时，一周工作五天，那么成为一个领域的专家，至少需要五年。这就是大名鼎鼎的"一万小时定律"。

任何领域的卓越与成功，都是用时间堆出来的，没有捷径。

而时间是公平的，在拥有时间这件事情上，除了有人天不假年，极少存在贫富不均。不同处仅在于如何分配而已。

这就好像用同一堆砖石去搭建我们梦想的楼房，有人认准一个方案心无旁骛，有人则左顾右盼四面出击，结果，一个人建起了高楼大厦，另一个人则盖了一溜平房。

同样的一万小时，不同的分配结果。

难道那拆分了时间去做各种事的人，真的就那么愚不可及吗？这么浅显的道理会有人不懂？

须知，坚持一件事所能看到的曙光，根本无从预测会出现在何时。当我们正在走着的那条路，风雨如晦，前途未卜，而临近的路上却灯烛辉煌，人声鼎沸，我们的确容易被褫夺了心志，看不到坚持的意义。

但，别人的张灯结彩，何尝会是我们的极乐世界？

你可知别人花费了多少孤苦伶仃，寂寞独行，才出现在那个令你眼热的位置？

别人成功的背后，恰恰有着他们不管不顾的坚持。

不要以为一生漫长，什么都可以随处摸索，尽情尝试。

人真正能用来发奋和努力的时间其实有限得很，若不能集中精力把一件事情做到极致，那么到头来，你很可能就像我的朋友M君一样，变成一个擅长唱歌的作家，画画很好的演员，台球无敌的500强公司员工。

我的文字之缘及汉听之旅

　　我的家乡在南方一个脏兮兮的小镇，小地方图书资源极度匮乏，小时候家中经济又相当拮据，不可能经常花钱给我买书。所以我只好到处偷书看。小时候爱不释手的那些书，基本都是偷来的。我父亲在一所小学的食堂里工作，最开始，我时常趁某些老师不在，偷偷顺走他书柜或书桌上的书，但这样零敲碎打，渐渐满足不了我读书时鲸吞蚕食般的超大胃口。学校图书馆只对教师开放，我父亲无权借书，就不时趁着学校图书馆购置新书的机会为我偷来好大几摞书。再后来，我跟校长的儿子混熟了，就隔三差五央求他从校长那偷来图书馆的钥匙，整个一个大宝库，都毫不设防地任我取用。

　　如果不是这些偷来的书籍，我的整个人生或许都将呈现出完全不同的轨迹。也许我本来该是一个神经大条严肃古板的理科生，现在却成了舞文弄墨的文学青年。惭愧，我的整个人生都是偷来的，却只能像孔乙己那样自我辩解：读书人的事，怎么能算偷呢？

靠着那个戒备相当松懈的图书馆，我在资源极度匮乏的偏远小镇，竟然找到了南面百城的感觉。那时候我最喜欢的两本书就是《唐诗三百首》和《古文观止》，以它们为敲门砖，我敲开了灿烂的古典文化之门，阅读了大量的诗词和古文、骈文作品。诗词铸就了我性格中感性的理想化的一面，古文骈文作品则让我收获了许多华美的辞藻和有趣的典故。对汉字和汉语词汇的积累，也是始于那个阶段。有人喜欢背英语单词，有人喜欢背百科全书，我则喜欢背古书里的各种注释，尤其是骈文和汉赋，词华典赡，名物繁多，一篇文章啃下来，常常让人内功大进。王勃《滕王阁序》、范仲淹《岳阳楼记》、王羲之《兰亭集序》、苏轼《前赤壁赋》、杜牧《阿房宫赋》、曹植《洛神赋》、韩愈《进学解》、骆宾王《为徐敬业讨武曌檄》、孔稚圭《北山移文》、江淹

《别赋》、宋玉《风赋》、鲍照《芜城赋》、王粲《登楼赋》、枚乘《七发》、司马相如《长门赋》《子虚赋》、陶渊明《归去来兮辞》、李斯《谏逐客书》、李密《陈情表》、庾信《小园赋》《哀江南赋序》等等，错彩镂金，灿若披锦，清词丽句，委婉动人，都是那时我倒背如流的篇章。相比于《老子》《庄子》《世说新语》以及四书五经等等，这些孤立的篇章虽然极美，但如果不是被选入中学语文教材，很难进入普通人的视野。它们渊深海阔的用典和拒人千里的遣词用字，对一般读书人也是巨大的障碍和挑战。

因为每天沉浸在书的世界里，常常在现实生活中表现得很白痴，智商无限趋近于0。比如做菜的时候曾经放过柴油，走路的时候掉过粪坑。大学七年没有谈过恋爱，唯一的女朋友就是书。能说出某本谁也没见过的书上一个特别冷僻的注释，却不知道同学经常谈到的三环和四环是什么意思。

我是现实生活中的低能儿，文学世界里的"全能战将"。我创作的诗词、新诗和小说在北大所有的文学奖项中都拿过第一名，无一遗漏。又因为我背了很多诗词，有朋友送了我一个绰号叫"背诗机"。

　　一个人无论生活在哪里，都很难像在北大那样，完全不去面对现实生活，只活在风雅情性之中。北大三年，我每天的生活就是读诗读小说，参加文学活动（通宵打台球打游戏这种事我会说出来吗！）。在诗词古文社"北社"，聚集了一大批终日里吟风弄月的人。社刊《北社》，一年四期，刊发社员的诗文辞赋作品。雅集时玩的游戏是诗词接龙，还常有人手挥七弦琴在一旁助兴，如果有谁看上了社内的某异性，写出的情书也必定是骈体文。那三年，我学习了四种乐器：笛子、古筝、小提琴、吉他……可惜都是半路出家，功力微浅。

　　长期阅读诗词古籍为我的汉字打下了深厚的基础，毕业后到中国作家协会《诗刊》杂志社工作，六年的编辑生涯经常要做的一件事就是校对，又让我对现代汉语中一些常见易错的字词有了深刻的记忆。于是，当我因偶然机缘来到中国汉字听写大会的第四现场，我全部的储备都得以厚积薄发。这些东西在平时的生活中早已是屠龙之技，没有用武之地，却能在这个比赛上绽放光华。不过，我虽然是中文系毕业，但我的专业是中国当代文学，对古典文化、古代汉语也只能算是业余爱好，跟那些真正学习国学、古典文学、古典文献的人相比，肯定是花拳绣腿。

答题过程中，印象特别深的题目有：濩落，出自杜甫《自京赴奉先县咏怀五百字》"居然成濩落，白首甘契阔"。这个词在诗词当中并不常见，如果不是读了杜甫的这首诗，就很难写出来。但《自京赴奉先县咏怀五百字》虽然是杜甫的名篇，很多选本也都选，一般人却很难啃得下来，所以往往只知道"朱门酒肉臭，路有冻死骨"。而我恰好是个老杜迷，听到这个题目我心中窃喜，很快就写了出来，而场上的正确率我记得非常低。

餐英，解释好像是指雅人高洁。本来这两个字都不难，但是这个从本义引申出来的解释没有提供任何线索指向典故的出处，就变成了一道很难的题。一开始我也茫无头绪，结果突然间想到了《离骚》里的"朝饮木兰之坠露兮，夕餐秋菊之落英"，就试探着写了上去，没想到真对了。就是这道题，一下子让我和其他人拉开了距离，在屏幕上的个人排名跃升到首位。

还有一个：絷，它的意思是绊马索，这个字全场好像只有我一个人写对了。皎皎白驹，在彼空谷。生刍一束，其人如玉。这是《诗经·白驹》里我特别喜欢的句子，而所考的"絷"字，就出现在这首诗里：皎皎白驹，食我场苗。絷之维之，以永今朝。

最让人欲仙欲死的是，《诗经·硕人》中有一段话：手如柔荑，肤如凝脂，领如蝤蛴，齿如瓠犀。螓首蛾眉，巧笑倩兮，美目盼兮。这是文学史上描写美女特别有名的句子，我在谈恋爱的时候经常用来夸女朋友，没想到柔荑、蝤蛴、瓠犀、螓首在几场比赛里全都考到了，当时我的心情只能用大张伟那首歌来形容，就是倍儿爽！

第一现场的小选手为了参加这个比赛，很多人都是提前一年半年背了好几本字典词典，我因为是临时被凤凰文化主编胡涛兄拉过来参赛，也就只有在比赛那几天的闲暇时间才做了一些针对性的复习和押题。特别有趣的是，有好几个词都被我押中了。比如蒜薹、踔厉、跛躃、躐次、挫衄……

有时候考的字实在太偏，很难通过储备来回答，就只好根据读音和释义来"造字"。如前所说，第一现场的小选手基本都经过了长时间针对性的复习，而第四现场一百位成人听写者则基本属于赤膊上阵。在经过了诸多难题轮番肆虐后，大家终于悟到了光凭储备肯定是吃不消了，就纷纷开动脑筋现场造字。常常，主持人念了一段很长的古文，基本没听明白说的是什么，就等最后解释那个要考的词是什么意思，然后开始琢磨该用什么形旁和声旁。这样造出来的字如天马行空，往往自己都不认识。特别有意思的是，考了一个"鹙"，是古书上的一种水鸟，听声辨形，肯定是鸟字旁加一个什么声旁了，在"丘"和"秋"之间，我选定了后者，可是，"鸟"和"秋"谁在左谁在右呢？鹌鹑、鸽鹏、鸬鹚、鹈鸪都是鸟在右，那就把"鸟"放右边吧！谁能想到，答案一出来，"鸟"不在左也不在右，而是在"秋"的下面……鹙、鹙、鹭鹙、鸳鸯全都笑了……

也有不少造对了的。比如，考了一个"醽"，意思是清酒。首先这个读音比较少见，声旁基本可以锁定为"霝"，然后既然是酒，那就应当从"酉"，答案出来，果不其然，就是"醽"。

整个答题过程酸爽痛快，令人心惊肉跳又心旷神怡，当然也有不少挫败和遗憾。很多我闻所未闻的字词都没有写出来，还有一些本来应该写对的也写错了。比如，"戬"，乍听到题目的时候我心中窃喜，因为"横空盘硬语，妥帖力排戬"是韩愈的一句诗，经过王安石的评述，后人往往用它来形容韩愈本人的诗歌风格，这个字也属于我能靠储备来应对的题。可是没想到，一动起笔，"大"字下面那部分竟然一下子想不起来了，最后倒计时临近，只好匆忙写了个"小"字了事。

　　此外，因为是听写，听觉能够提供的信息局限很大，我们第四现场又不能像第一现场的小选手一样提出自己的疑问，有些字就没怎么听明白。比如，木橛，主持人的解释是短木桩。我鬼打墙地把"木"听成了"目"，把"短木桩"听成了"短目装"，就以为是一种什么特殊的服装，而两位小选手居然一听就都表示明白了，没提任何问题，只留下我百思不得其解。后来答案一出来才恍然大悟，这个词并不难，全场正确率也很高，但我因为听错了方向，就怎么也写不出来。

　　还有一些简单的字，比如安详的"详"我写成了

"祥"，熏陶的"熏"我写成了"薰"，长年累月的"长"我写成了"常"……

　　参加中国汉字听写大会，真的是一次温暖和百感交集的旅程。毫不夸张地说，我平生所学，在方寸之间接受了血与火的考验！一次次，不到十四岁的小选手轻而易举地写出了正确答案，我却在一番冥思苦想绞尽脑汁后仍然写错，这种前浪死在沙滩上的无奈感，让人恨不得马上滚回去狂读万卷书再出来见人。不过转念一想，我辈老矣，台上这些青春年少却波澜老成的小选手，不正是我们古老汉语如日初升的守护者么？桐花万里丹山路，雏凤清于老凤声。固其宜矣。

我有C君，鼓瑟吹笙

早在2002年在人大读本科期间，就听说丛治辰大名。凭着一篇千字小文，他在高中时斩获了贾平凹主持的"全球华人少年美文大赛"金奖，一时间风头无两。对我这种默默给新概念投稿结果杳如黄雀的文学青年来说，无疑是大神级的人物。京城高校文学圈，那时颇为热闹，记不清在什么活动上截住他简单聊几句，就算认识了。

真正变得熟悉起来，是在我去北大读研之后。我们成了同班同学，宿舍仅有一墙之隔。

枉我平生自诩嗜书如命，买书如狂，自从进了丛治辰宿舍，才知道天外有天。如果在整个畅春新园评选藏书最多的宿舍，丛治辰的宿舍一定名列前茅。正如他的室友主要以大宝这个诨名行世，在北大，人们更习惯管丛治辰叫C君。C君藏书铺天盖地，汗牛充栋。恰好大宝也是如此，不足十平米的小屋顿时左支右绌。到后来，连阳台和床底也盆满钵满，有好大几摞书实在无处容身，C君只好将它们白天铺在床上，到晚上睡觉时再挪到地下，如此日复一日，循环不疲。为了一夜安眠这样颠来倒去，我初时颇不以为然，直到后来读书偶然看到陶渊明的曾祖父陶侃运甓的故事，这才恍然大悟，原来燕雀安知鸿鹄之志，小小习惯中还有这样的玄机！

藏书人一大苦恼，恶客借书不还，时间既长不了了之。为了杜绝此现象，C君藏书基本不外借，实在拗不过也须登记造册，并且三天两头微言暗讽，令人如芒在背，只有通过还书来息事宁人。如果封面稍有脏污或是内页不慎弯折，C君的脸色马上就会夹枪带棒，黑云压城。我曾借C君《枕草子》一册，其追逼之甚，后来我买房借人十几万大洋，也无过于此。经此一役，C君藏书无论多么风骚百态，我也决意不再染指。但没多久，在中文系遇一师妹，谈及向C君借书之难，师妹如梦初醒，糟糕，我借他几本书快一年，事情一多竟然忘记，这可如何是好……在文学社又遇一师妹，手中一书看去十分眼熟，一问，居然也是从C君处借得，并且一支签字笔放浪形骸在上面勾勾画画，后来归还时竟还得到C君赞赏，大意是这书我还没看，你把记号都做好了我看的时候可就省事了。

在北大，有句话很"伤人"，说北大拥有一流的本科生，二流的硕士生，三流的博士生。一般而言，高考便考上北大的同学进入研究生阶段，是不愿与我们这些外来者为伍的，心里面难免有种暗暗的骄傲在居高临下地俯瞰着。不过C君却平易近人，很快与我们打成一片，还形成了一个几人小团伙，隔三差五结伴出去看看话剧、青铜器还有花花草草啥的。

北大中文系藏龙卧虎，不乏有人年少有成，名声在外。相比于阵容庞大的新概念作文大赛一等奖，C君高中所获"全球华人少年美文大赛"金奖（通常被我们简称为"美少年"奖）显得戛戛独造，迥出侪辈。因入学时间晚，C君本科时的文采风流、喑呜叱咤只能依赖道听途说。肉眼亲见的事实则是，在北大中文系，C君可说是无人不知无人不晓，可惜不以尊容见长，否则早已加冕系草系花。扩大到整个北大，也是响当当的人物。也难怪，C君性格宏达才情放逸，无论写诗作文还是待人接物，都有可观处，属于孔夫子所说"君子不器"的典范，文学固然是其立身之本，旁及其他领域，也是锐不可当。

　　文学青年这种动物，放在任何地方，都显得奇形怪状，落落寡合。唯独在北大，还保有几分尊严与荣光。自五四以降，北大的文脉一直瓜瓞绵绵，文学社团扮演了重要的角色。北大的文学社，主要是诗人辈出的五四文学社和小说家云集的我们文学社。C君在我们文学社"一手遮天"，徒子徒孙摩肩接踵。他南面百城的小小宿舍，堪称北大文学青年的耶路撒冷，朝圣者如四月的柳絮，劈头盖脸。我在北大的许多朋友，都是在他床上相识——因为宿舍仅能容膝，来访者只好坐在他或大宝的床上。由于环境亲切，言谈举止自然也就没了规矩绳墨，常常是春风满室，欢笑连天，古人夜雨对床之乐，想必无过于此。

　　我原以为凭着同学这层裙带关系，可以火线加入文学社，认识社里所有的鲜肉师妹。不承想，C君明察秋毫之末，早已洞悉我的险恶用心，终其一生都将师妹们保护得滴水不漏，我也只能望洋兴叹。

尘网中人，对人情世故濡染既深，往往千人一面，俗气扑鼻。而学院文青，抱玉怀珠，久居象塔，又难免孤高傲世抑或拙笨避世，能如C君般玲珑剔透而又性情万端者，寥若晨星。世间之情味投合者，C君与之相交，言语行动往往百无禁忌，令人如浴春风。然而遇上奸邪谗佞或是骄纵恣肆之徒，C君也能拍案而起，并不乡愿隐忍。其清谈闲议，常常蔚然可观，嬉笑怒骂，每每自成珠玉。

C君的气场大略言之，是排山倒海兼滑稽多智，在人群中，常如北辰居其所而众星拱之，并可无限量供应欢声笑语。恰好我生性暗弱，与人相交颇喜伏低做小左右映衬，便得与C君相谐成趣。每遇酒筵歌席、会议典礼，C君在前线指点江山，我于后方矫首静观，间或插科打诨，彼此配合无间。当然，与C君做伴，还有一个大好处，就是每逢结账买单，C君必定挺身而出，不给别人表现机会，对我这种阮囊羞涩的人，简直是天降福音。

　　唇舌鲁钝，是我人生一大憾事。C君的博闻强记辩才无碍，令我妒恨难平。若论外表，恐怕得说他貌不惊人，但他只要一开口，便如潜龙腾渊，鳞爪飞扬。我屡次亲历其盛，眼见C君在整个场面气氛令人昏昏欲睡时，一番口若悬河辞喻横生，让一群陌生人肃然起敬。更曾在饭桌上看他言语机锋、纵横捭阖，把一个大家都很讨厌的男人弄得防线崩溃，泪洒当场。若以剑比人，我如钝铜老铁，C君不啻龙泉太阿，一剑霜寒，多少波澜壮阔！

　　穿衣打扮事情虽小，往往见出一个人的性情。初识C君者，容易产生一个误解，觉得他是不是不太爱干净，同一件衣服连续好多天都不换，即便在夏天也不例外。其实呢，C君对于裁剪鬓发修饰边幅非常讲究，并且有一习气：只要遇到喜欢的衣服，便一口气买两三件甚至七八件，轮着穿，这样一来，就能每天都以英姿飒爽的形象展示于人，同时免去了辗转挑选衣服的苦楚。至于他的发型，据说整个北京城只有复兴门某个生冷小巷里一家没名儿理发店能够入得了他法眼，有时俗务缠身抽不出时间跑那么远，干脆就让头上长林丰草地自行生长，也绝不在随便的理发店将就了事。

帝里风光好，当年少日，暮宴朝欢。况有狂朋怪侣，遇当歌对酒竟留连。也曾"西门烤翅"大快朵颐，也曾"十七英里"引吭高歌；也曾西子湖畔漏船载酒，也曾清华园中高谈雄辩……不经意间，竟与C君有了那么多共同的记忆。最精彩，还是"十七英里"聚众K歌，C君尽管五音不全，却以一首山东方言风味的英文版《十五的月亮》压倒元白，引爆全场，让北大著名KTV歌神陈思师兄顿口无言。这便是C君，永远青春蓬勃，永远席卷世界。

通常，一个人的写作在年轻时难免勾三搭四，得陇望蜀。C君制作以美文起家，兼及新诗与小说。其中，最为他看重的，是小说。至今犹记被他按在宿舍电脑前，一口气读完《过了忘川》时的酣畅震悚。此篇后来荣膺北大（jiangjin）最高文学奖项王默人小说奖，风头一时无两。若非读博后学术压力见长，C君本来会步徐则臣石一枫师兄及文珍师姐的后尘，成为牛逼的小说家。而他的诗，曾以一句"忘记弃婴，忘记骸骨的眼洞/生出的青草，以及一切尘世的幸福"，让我沦肌浃髓，念念不忘。我曾在凌晨五点的西安街头，在青年旅社外面的冰天雪地中反复吟诵此句，并向C君发去一条措辞娇揉的短信述说当时情景，结果直到现在也没能收到他的回复。初时还当他选择性傲娇，后来才知，电话不接短信不回，神龙见首不见尾，是他名噪一时的恶习，有时，即便陈晓明老师打电话着急寻觅，也未必能马上将他捉拿归案。

韶华如驶，青春离散。多少往事音容宛在，我们已匆匆过了而立之年。当时我相思成疾以泪洗面，是C君陪我在宿舍楼道里抽烟喝酒，通宵达旦。如今我仍是个不靠谱的光棍，他却已觅得如花美眷，琴瑟在御，莫不静好。多少少年意气，侠肝义胆，如满天星座汇入记忆的银河，如今的C君性情犹存（风韵？当然也"犹存"），也越发地成熟稳重。博士毕业后身居中央党校要津，谈笑有鸿儒，往来无白丁。小说诗歌虽然暂时搁置，学术批评却如冉冉晨星，锋芒腾跃。因为学问功底深湛，又有大半辈子的创作实践，C君的文学批评闳中肆外，能高屋建瓴也能剖辟入微，顺理成章地斩获了《人民文学》《上海文学》各种批评大奖。诚如当年羡慕他伶牙俐齿，如今我每有述作，也时常偷偷找出他的文章捡拾涕唾，诛求灵感。尽管C君写文以手快闻名，但作为一代青年批评家中的翘楚，各种文债前赴后继，终究令他应接不暇。每次碰面，大家也不再寒暄最近怎样，而代之以，还剩几篇？答案通常在六篇到十篇之间。于是取其中值，赠送诨名"丛八篇"。听起来是不是有种"诗三百"的感觉？不过请注意，"丛八篇"跟"诗三百"无疑大相径庭，因为后者是"思无邪"的嘛。

　　人生无根蒂，飘如陌上尘。落地为兄弟，何必骨肉亲。得C君者虽不能得海淀，亦足以大慰平生。

　　乱曰：呦呦鹿鸣，食野之苹，我有C君，鼓瑟吹笙。

余生请你多指教

　　早在十多年前在人大读本科期间，我和宏伟就曾有两年时间同在一片屋檐下，却缘悭一面。我们像陈奕迅的《十年》又像几米的《向左走向右走》，彼此素昧平生，却走在同一丛紫藤花下，徜徉在同一个阅览室里，偷看着同一个麻辣烫西施。也许还曾一次次擦身而过，却因双方都貌不惊人，互相没留下任何印象，对于对方将在自己今后生命里扮演的角色茫然不觉。

　　此后五年，兜兜转转，伯劳飞燕，各奔前程，按下不表，直到2009年，才如日月行天又在文联大楼再次交汇。他是作家出版社，我是诗刊，他31，我26，五年的时差除了身高没在我们身上留下更多隔阂，一次作协组织的员工培训，在自助餐厅里我朝旁边一直默不作声的黑脸人漫不经心地问了一句，大兄弟，您是哪个单位的？才发现分分钟前还如陌路的两个男人，可以有那么多的兰因絮果，牵丝绊藤。

　　真正变得熟悉起来，却是在两年多以后。本来，一同进入文联大楼的饶翔和我组成了珠联璧合的饭搭子，三天两头泡在一起，兼营午饭后散步消食等业务。谁知道天有不测风云，他中途见异思迁跳槽去了光明日报，余下我一人孤单怪可怜。恰在这时，我为了给一个师弟打听求职的事主动联系了宏伟，一来二去，顺理成章就熟了起来，竟然卓有成效地填补了饶翔离去后留下的空白。我因为生性暗弱，交朋友常如苍蝇附骥尾，不自觉就会靠拢内心更加强大的人物，把主导权交到对方手里。宏伟长我五岁，性情又颇成熟内敛刚毅木讷，两人就此一拍即合。

　　多少次，农展馆，小湖边，一高一矮两并肩。多少次，办公室，四下无人谈谈诗（不然能做什么呢）。更有那，网吧里，星际争霸，一场腥风血雨！至于工作日的中午，命俦啸侣相约食堂，三五成群杯盘狼藉嬉笑连绵，更是日复一日的欢喜功课。小小文联大楼，人口有限，又基本都是事业单位，但凡来了就轻易不会走，很多人在此结成一辈子的朋友，守望相助，疾病相扶持。因我和宏伟时常你来我往，宏伟基本成了《诗刊》的编外人员，我对作家社也了如指掌，其莺莺燕燕翠翠红红，与诗刊这样阳盛阴衰的单位，形成了鲜明的对比。每次吃饭，诗刊的男编辑们，都与作家社的女编辑们相谈甚欢，就连宏伟这个搭建桥梁的人，也常常被我们弃置一边，哭笑不得。

在机械般严格而精准的北京城，文联大楼的自由率性，显得戛戛独造。那么多人愿意放弃更高的工资和职业前景进驻此楼，这是相当重要的原因。而且很多编辑工作在家执行反倒更加得心应手，上班时也便多了几分宽松从容。宏伟常如鬼魅突然杀到我们楼层，舒展几下手脚或是吞吐一阵口舌，然后上楼继续校稿。我也常在临近下班时轻轻推开他办公室门，在堆积如山的书丛里与他闲话平生。他身上有种菩萨低眉般温暖慈悲的气场，能令人卸下防备，袒露内心最不堪的负累、最绵密的晦暗。脆弱如我，每次失恋都会哭得天塌地陷，那个下午在亮马河边一个无名小园里，如果不是宏伟一直用力掐我虎口，我不知要浑身抽筋到什么时候。而以宏伟的稳重敦实，平日里绝少见他倾吐块垒，但有一次，他结束了一个深夜的酒局，坐了漫长的地铁回到自己小区，才在暗淡的花坛边给我打来电话。那个夜晚似乎打开了一条通往他心扉的终南捷径，从此以往，输肝剖胆，毋庸赘言。

急公好义这种词，用在谁身上都会显得大而无当，用在宏伟这里却格外贴切。别看他形体粗疏，状若鲁莽，其实他心细如发，体贴入微。作协曾召集下属单位青年职工与领导座谈，鼓励大家不吝金玉，深中肯綮。而宏伟作为作家社在编员工，竟然爱举义旗，为外聘编辑大声疾呼。须知事不关己便挂起乃国人行为定势，更何况为外聘编辑执言，实则是要把自己的蛋糕分出去一块，其度量如此，令人动容。

文学青年这种动物，掰开来都有几分不靠谱。其花哨浮夸，华而不实者，所在多有。宏伟的深沉稳重，在其间显得鹤立鸡群（也许年纪大了都这样？呵呵）。他与人交结时，常常一板一眼，法相庄严，又颇喜欢探讨一些特别严肃深入的话题，对我这种整天嘻嘻哈哈没个正经的人，无疑是重刑。何况我读书又属鸡零狗碎，不成体统。于是，他每说起一本书、一个作家、一个诗人，我一看那剑眉深锁喉音低沉的架势就知道来者不善，赶紧唯唯诺诺，颔首称是，然后用一句"跟你说个秘密""听说了吗"或者"我去，居然……"搪塞过去。有时他回过神来，会在老半天之后毫无预兆地杀回之前的话题，无奈彼时情景已失，主动权尽在我手，便纵有万千深知灼见，也不及我道听途说的一个八卦、望风捕影的半条绯闻。

因为内心孱弱，我在待人接物时往往随俗浮沉，全无自己的阵容。而宏伟腹中非独贮书万卷，更藏有嶙峋丘峦，千岩赫赫，分明甲仗，万马骎骎。他像武侠小说里的绝世高手，平时一副妄心古井水波澜不惊的样子，一旦棱角摩天，光芒干地，往往爆发出令人瞠乎其后的劲道。我们几个时时一起聚众腐败的朋友，常开玩笑说宏伟是"直男癌"患者，身上生长许多神圣不可侵犯处，譬如不能用手去摸他的脖子，不能拿无聊烦人的言辞叽叽歪歪纠缠不休。否则……就等着此去泉台招旧部吧！

世上有种人，如岳峙渊渟，遥看稀松平常，就近时才知道山高海深。图片显示倒退十多年宏伟也曾拥有玉山高峙的外表，奈何岁月如刀，如今颜值已可申请低保。所幸天公地道，夺走他绮年玉貌的同时，赐予他迥出侪辈的才华，无论小说还是诗歌，都在年深日久的沉默耕耘之后猛烈喷发，名动一时。两年来，宏伟像刚从火箭筒里发射出来一般，包揽各种大奖，文坛诗坛无不交口赞誉。诗人写小说和小说家写诗，原本是见惯不惊的现象。但，同时把诗和小说都写到世人瞩目的地步，就相当凤毛麟角。他性格偏于严肃内敛，又是在黑格尔、胡塞尔、海德格尔以及各种"尔"里腌制出来的哲学硕士，整天思考些说与旁人浑不解的东西，形诸笔端往往奥义丛生，令一般读者大感头痛，却叫知音俊赏拍手叹止。我们常说文如其人，乍看上去，沉静敦实的宏伟似乎更应该写出规行矩步的文字，其实，他性格中自有快剑一把，不得其平则铿然出鞘，纵使血光四溅，也在所不惜。正因此，我们能从他笔下看到那么多的大胆孤绝、临深致远，那么多的拔剑张弩、狼奔豕突。

在我身边搞写作的朋友里，宏伟是出了名的快手。只要给他一个无所事事的周末，他能噼里啪啦弄出两三万字来。尽管如此，他却并非高产作家，因为他手头工作堆积如山，能用于写作的时间非常紧缺。而我虽然颇多余暇，却游手好闲，为了互相督促，我们曾经定下协议：每月写作两万字，谁不达标谁请吃饭。结果除第一个月双双达标，往后都是我请。时间一长就不了了之。如今，我们放低了身段，将每月的任务量降格为一万字，迄今都能圆满完成。诗云：有匪君子，如切如磋，如琢如磨。得友如此，交相砥砺，不亦快哉！

如前所述，文联大楼是一个可以养老致仕的所在。不出意外，往后几十年我和宏伟都将在此楼度过。

他的稳重我的没谱，他的坚忍我的轻浮。

是否，刚好可以互补？

大兄弟啊大兄弟，如蒙不弃，那么，余生请你多指教。

我有高楼大厦，谁来添砖加瓦？

我与成语的缘分，可以追溯到总角之年。

一本没脸没皮、来路不明的小开本成语词典，陪伴我度过漫长而接近冗长的童年。恰好那时，电视里正播动画片《成语故事》，一边看动画片，一边读成语词典，就成了课余时间最大的乐趣，足够告慰荒凉而褊狭的小镇生活。在文字中，我偏爱华丽的辞藻，胜过平实的叙述。为了把那些仪态万方的词语据为己有，我一笔一画抄写了好大几个笔记本。阅读时邂逅相逢的清词丽句，也都一一记录在案。至今，那些纸张被岁月泡软的本子，仍在我老家的书架上离群索居，顾盼自雄。

那个时期的寸积铢累，让我最初的写作受益匪浅。当生活经验和人生况味还未能达至极度开阔的境地，对语言的依赖就是顺理成章的选择。咬文嚼字，雕肝琢肾，每每用成语，就搭建起一座座美轮美奂的笔墨建筑。成语背后渊深海阔的文化含量，成语自身金声玉振般的语言质感，常常可以让一堆空洞无物的文辞熠熠闪光。时至今日，我在遣词造句时仍摆脱不了浮华的习俗，动不动就在一段短小精悍的文字中召集一场别开生面的"成语大会"。

从小到大，我都是个对新鲜事物趋之若鹜的人。朝秦暮楚，得一望十。一切美好之事，都想亲力亲为。初中时，就开始填写那些压根不知平仄为何物的所谓"诗词"，年岁渐长，逐渐涉足新诗与小说，还曾浅尝辄止电视剧本。学书学画学乐器，打球练歌背诗词。心里当然也明白，惟精惟一，才是大成之道，事到临头，却总压抑不住怦然心动，见异思迁。这当然十分危险：腾蛇无足而飞，梧鼠五技而穷。一不小心，就会变得凡事都略知一二，细究起来却杳无所长。诚然，子曾经曰过，君子不器，但如果花团锦簇，却无瓜无果，又会变成子曾经曰过的苗而不秀，秀而不实。

这种焦虑相信很多人都有过。谁让这世上美好的事那么多，一辈子又那么短。每个人身上都住着许多个自己，许多种斑驳陆离的喜好、气象万千的性格和大相径庭的生活方式。在我身上，有多少个我已经醒来，又有多少个我还在沉睡？太多的彭敏会让这一个彭敏不堪其扰，太少的彭敏又让这一个彭敏寂寞无凭。我想对那些睡着的彭敏轻唱一首摇篮曲，又想召来一场淅淅沥沥的春雨，搅扰他们肤浅的睡眠。

忽焉岁月，驰骋如流，闲抛闲掷，无所用心。与物周旋，随俗浮沉，恍兮惚兮，窈窈冥冥。

人生天地之间，常如飙尘之在大野，朝菌之处春林。

与其在酒筵歌席间荒时废日，不如在诗词歌赋里虚度一生。

读书时我常常心如止水，唯有窈窕淑女遥隔天渊，能诱我入愁城。此生能做一书生，南面百城，熬枯受淡，想必前生无功亦无过，无因亦无果。书中日月，没法和尘世的歌舞繁华相提并论，却也自有其滋味与色泽。因为寄情创作，襟怀也偏感性，我读书，以小说、诗词居多，较少涉足思想文化与历史。其结果便是，脑子里俯拾即是各种清词丽句，却无法形成系统的框架和脉络，言谈举止间不时脱口而出名章佳句，遇上正经会议、研讨之类的场合，却常常鸡零狗碎，语无伦次。在读成语时，贪恋成语背后一个个趣味横生的典故，却没能狠下决心去啃食那些面目庄严的原著。

对于一个写作者来说，语言比血肉骨骼更加深刻地建构着他的生命。我可以不活在柴米油盐当中，却无法不活在语言当中。如果说词语是我的莫逆之交，那么成语便是我的座上嘉宾。这些意气风发的如云胜友，让我在操觚搦管敲键盘之时神光离合，满室生春。世上还有什么比成语更可爱的东西？当我情动于中，有感于心，总是它们一呼百诺，云集响应。成语待我如此不薄，我待成语自然也当如父兄。但凡有好篇章好构思，必定呼朋引类，命俦啸侣，将想象力和创造性的马达开至最大功率，为它们负弩前驱，鼓瑟吹笙。

参加成语大会，于我又是千载一时的契机，好将那些零敲碎打得来的成语选义按部，考辞就班，同时补充一批素昧平生的新成语。既修炼内功，也收获许多花拳绣腿，今后我行走江湖搠笔巡街，都有赖它们左辅右弼，前呼后拥。

子曾经曰过，独学而无友，则孤陋而寡闻。我的朋友戴潍娜，幼习诗书，壮游英伦，逍遥京洛，笑傲牛津。其诗、文、小说、评论，众体皆备，无不笔酣墨饱，粲然可观。我观其文笔，每每望洋兴叹，与之相交，则又欣欣然甘处下流。成语大会有此良配，大概可以喑呜叱咤，破竹建瓴了。只可惜计议伊始，彼即远赴美利坚访学一年，一应训练磨合，唯有借助于微信。或鸡鸣即起，或夜半不息，虽则地迥人遐，晨昏有别，所幸科技发达如此，竟使长夜寂寥，流连有伴；山川暌隔，如在目前。自夏徂秋，黾勉至此。

谁料风云难窥，人事舛错，大赛在即，伊人病卧。虽云癣疥之疾，堪比不速之客。遂使鸿雁双飞，忽罹茕独；芝兰并蒂，乍欠一柯。当此时，心如槁木，念念俱灰，以为数月之功，乃将毙于一日。所幸，节目组翻覆得宜，穿引有术，两天后我的新搭档呱呱坠地——人大才子李剑章，我的小师弟。从前，在杨庆祥兄的联合文学课堂上经常听到剑章发言，却无更多交流，不想山水相逢，缘分如此。其刚毅木讷、经纶俊逸，深得我心，彼此很快便配合无间。

丈夫处世兮立功名，立功名兮慰平生，慰平生兮吾将醉，吾将醉兮发狂吟。这是《三国演义》蒋干盗书的故事中周瑜在群英会上舞剑时吟诵的一首诗，年少时读到，我就莫名地喜欢。

人生在世，第一销魂是爱情，倘若孤单一个人，便须努力求功名。

恰好，我与剑章都是65度的陈年老光棍，窖藏既久，颇有种干柴烈火随便给几个分贝就能噪起来的味道。也许曾经，我们的生命空洞无物，我们的青春败絮其中。但会否有一天,那些爱我们的人将足以建成一座城市?

我有高楼大厦,谁来添砖加瓦?

感谢时间，教坏了我

马上，我就三十二岁，不知道离死亡还有多远，也不知道离死亡还有多近。

时间喂肥了我的厚颜无耻。随着年龄像落叶一样堆积，我不再是那个走在路上不敢大声说话的羞涩少年，也不再是那个想着喜欢的女孩就在花坛边哭出声来的苦逼青年。频繁的起夜和一天天大起来的肚子，让我装嫩的时光洋溢着悲情的气氛。人生苦短，死亡和衰老转瞬间迫在眉睫，值得珍重和计较的事所剩无几，愿意遵守的规则日渐稀薄。也许有一天，我会变成一个彻头彻尾的坏人。终日沉迷于邪恶却津津有味的事物，蹂躏别人肉体摧残别人灵魂的时候嬉皮笑脸。

一为文人，便无足观。很长一段时间里，我对文学充满了怨念和排斥，为自己本来可能会有的美丽人生。而其实，若不是文学把我变成了一个普通人，也会有别的东西把我变成一个失败者。失败，是大多数人避无可避的命运，就像成功，是另一些人与生俱来的本能。我那错失掉的别样生活，就像弗罗斯特没有选择的那条林中路，可能会更好，也可能一塌糊涂。

曾经，我幻想靠股票和期货一夜暴富，超脱这平庸的生活。我拟定了详细的章程，准备创建一家"新青年证券投资基金"，然后向熟人下手，募集资金投资股市。我每天钻研公司年报季报，阅读财经新闻，在迈博汇金上下载各种研究报告，A股两千多家上市公司随便挑一家我都能说出点门道来。接下来的剧情当然比较俗套了：亏损累累、债台高筑、屡败屡战、屡战屡败……整整几年的大好时光就这样虚掷。重新开始写作，总算把我从这种虚妄的状态中解救了出来。

想要著作等身，我的身高本来是极有优势的（感谢俺爸俺妈……），但我的产量如此之低，简直辱没了这么多年的文青生涯。好在，未来的时光或许还长，足够我慢慢找补。

读书的时候，有一阵非常迷恋石舒清，行文多受其影响。加上是写诗出身，那时的小说，每天只能写一两百字。对语言的雕琢和精心到了无所不用其极的地步。内容自然是空洞的，肉那么多，骨头那么少，浮肿很厉害。随着生活和阅读的展开，我总算松弛了下来，意识到小说中还有比语言更重要的东西，写小说和写诗，毕竟不能太过雷同。

当我率尔操觚的时候，童年的小镇生活总做出最热情的回应。频频出现在我小说中的父亲、母亲、妹妹，让我深感苦恼。我的构思似乎永远在这样一个狭小的范围内打转，像一片树叶在池塘的漩涡里打转。出于对这种俯拾即是的经验模式和写作规程的警惕，我开始了有意的疏远和逃离。但当我试图书写自己生活了十多年的这个城市，却又遭遇了一种无处下嘴的感觉。我七年的学生生涯就是封闭、褊狭的，恋爱经验为零，实习就在中文系办公室，工作以后作为一名诗歌编辑，仍然生活在相对单纯的世界里。对于世俗的社会结构和人性心理，缺乏深入的触感。大多数年轻人都在更加前沿和鼎沸的时代生活中摸爬滚打，我的工作则是每天阅读诗歌。

我渴望丰富的人事每天扑面而来，赐予我繁多的灵感。红尘中的每一段纠葛，对我都是弥足珍贵的财物。如果可能，我真希望将我遇到、听到的好故事都写下来，但那样对某些朋友包括对我自己，都会形成十足的冒犯。我还没有勇敢到在大街上裸奔，或者扒下别人衣物的地步。移花接木、改头换面的本领因此便显得十分紧要。需要把那些激烈的部分磨平了棱角，再穿上楚楚的衣冠，施以厚重的粉墨。常常，在一篇本来应该更加锋利的小说里，才刚刚触及问题的边缘，我便选择了逃避和偏离。

感谢读书和写作，让我在没有爱情也缺乏艳遇的日子里有事可干，从本质上讲，这跟窝在网吧打通宵星际争霸，可能没有太大的区别。总要找件事来虚度时光，总要想个办法来喂养外强中干的成就感。

我二十多年的人生经验如此贫乏，如此循规蹈矩，这让我在而立之年产生了强烈的推倒重来的冲动。我开始渴望更加宽阔诡谲的生活场景，更加曲径通幽的人性，更加不端庄的感情。就像西川的一句诗：这满目的善，多么乏味，而恶，多么需要灵感。我能否成为可爱又迷人的反派角色？我敢不敢在舞台上不揣老朽装逼卖萌？我学不学得会溜须拍马见利忘义色胆包天？这一切，都像月球催动潮汐一般催动我、蛊惑我。

世界上有不绝的风景，我有不老的心情。没错，我引用了汪国真的诗句。不同于有的纯文学写作者对汪国真、唐家三少等人的批判和调笑，我对这世俗世界的成功者总是充满了膜拜和仰望。说白了，我没有一颗高贵的灵魂，我的文字可能也没有。

我的家乡在南方一个脏兮兮的小镇，田野的尽头有两条铁轨。从前，我和小伙伴们比赛谁在单轨上走得最远，如今我常常独自穿过田野，在废弃的铁轨上坐到天黑。

在命运的野地里，我时有所得，也若有所失。而前路，多么令人不敬畏。

不一定正确，但必须温暖

对大多数人来讲，母校都是那个魂牵梦绕，却再也回不去的地方。

离开得越久，就越物是人非。偌大的校园，唯一还留有我印记的，似乎就是求是园里某棵树上我当年用小刀刻下的一个女孩的名字。

不过幸运的是，因为好朋友杨庆祥留校任教，隔三差五便会有活动召唤我故地重游。

十多年前的人大，还有些灰头土脸。如今，不仅万丈高楼平地起，原先那些其貌不扬的老房子，也都修缮一新。颜值比从前，就像去韩国挨了手术刀一般。曾经在学校名不见经传的中文系，也已是群星璀璨。先是网罗了刘震云、阎连科、张悦然这些名作家，接着又开设了创意写作的硕士，我当年若赶上这些好事，也就不会过得那么苦闷了。

从小到大，这似乎是个颠扑不破的魔咒。每次我从一所学校毕业，那里便会发生许多天翻地覆的变化。是我生得太早，还是幸福来得太晚？

对我们这一代文青来说，当时的人大并不算一块肥沃的土壤。刚入校时社团招新，我在汹涌人潮中历尽艰辛找到十三月文学社的柜台，交上了报名表和自己的几首诗歌。结果却如泥牛入海，从此没有音讯。据说这个文学社已有十多年历史，没想到我一来它就无疾而终。在师兄的指点下，我得知一个叫作顾诚的诗人在青年读书社操办人大诗歌节。百爪挠心地等了两个月，终于等到他们第一场活动。

那绝对是我人生中无可逾越的一次诗歌朗诵会。作为一个此前只粗浅地读过一些汪国真、席慕蓉和舒婷的乡村少年，那些诗歌无疑大大刷新或曰挑战了我的旧观念。我至今记得朗诵会结束后我回到宿舍，给室友们绘声绘色地背诵我能记得的句子时，那种亢奋和惊奇。整个朗诵会的高潮无疑是"荒诞派"诗人祁国的这首《做爱做到一半》：

> 突然懒得动
>
> 就趴在上面看报纸
>
> 其实看报纸也没什么意思
>
> 只是想找找上面的错别字

除了开幕朗诵，这次诗歌节的另一个重头活动是当时方兴未艾的"下半身"诗歌专场。也是在这次活动上，我见到了后来大名鼎鼎的沈浩波和春树，那时的他们，在阶梯教室里认真地读着诗歌，在遭到观众激烈质疑后认真地辩解，大概并没有想过，春树和她的《北京娃娃》会在一年后登上《时代周刊》封面，而沈浩波和他的磨铁图书将成为中国出版界的逆天传奇。2012年秋天，云南蒙自，在《诗刊》的青春诗会碰到沈浩波，我还开玩笑说，你知道吗，其实你是我诗歌路上第一个启蒙者呀。可惜我太笨了，没学好。

这次诗歌节之后，我加入了青年读书社，然而除了一年一度诗歌节，这个社团并不承担文学社的功能，读书讨论会对我这样在大庭广众之下讷于言语的人来说，也是不小的负担。久而久之，我便知音识趣地自己淡出，不再参与了。所幸，在中文系倒是找到了一些志同道合的人，到大二时，我们02、03级十几个人聚在世纪馆北门的台阶上开了个小会，太阳石文学社就此呱呱坠地。

　　相比于小说，诗歌更容易上手，所以大多数校园文学社，都是以写诗居多。太阳石也不例外。每期社刊都以诗歌为主，到第四期的时候干脆就直接变成了《太阳石诗刊》。不过，这个文学社后来虽然也在团委注了册并公开招新，由于我这个社长书生意气不会拉赞助，一直都没能办起自己的对外活动，而局限于一次次的内部讨论。

　　青年读书社和太阳石文学社并存了很长一段时间，而且在顾诚的邀约下，我还以个人名义参与到后来的诗歌节当中。其实一个社团可能一次招新几十上百号人，最终能留下两三个干事的就很不容易。诗歌节制造了一场场热闹，邀请外来的和尚设坛念经，但没能对校内的写作者形成直接的激励。为了弥补这个缺陷，太阳石文学社发起了第一届人大校园诗赛。这个活动没有任何财务支持，只从一位长期收藏诗歌读物的诗人那里弄来一批诗集作为奖品。唯一的开销就是那块征稿和发布获奖名单的展板。

这次诗赛真正干活的，其实就是我和03级中文系的何不言。他字写得很漂亮，那个下午我们在中文系的楼道里制作展板直到天色逐渐暗下来的场景，至今还深深地刻在我脑海里。作为主办方，我们两个都参赛并且获了奖，我只是个区区三等奖，他却和另一个03级的师妹戴潍娜并驾齐驱，高居榜首。

经过多年以后，我来到《诗刊》工作，继续和诗歌打交道，戴潍娜也在牛津读了个让人不明觉厉的硕士，如今已是80后诗人中的佼佼者，只有何不言，硕士毕业后进入互联网行业，工作几年终于狠下决心自己出来创业。我朋友圈每天都看见他在叫卖他的"不言珠宝"，他建了个鱼龙混杂的亲友群，里面居然还有不少大家耳熟能详的小明星，让我深感此子前途不可限量。有朝一日我混不下去，或许还能去他公司谋个文职。

杨庆祥是在2004年进入人大读研。一次诗歌节开幕朗诵过后，他把我叫住，说人大应该办一份专业的诗歌报纸。当时我正准备开始复习考研，最终将这个想法变为现实的，是何不言。杨庆祥没有想到，他只是简单跟我们说了一下这么个打算，过了没多久，何不言竟然真的抱着一摞新出炉的《人大诗报》走进了他宿舍。

《人大诗报》出到第三期的时候，我们成立了"中关村59号"诗歌群落并在报纸上集中推送。名字是仿照"鲍家街43号"，成员有杨庆祥、陆源、何不言、张宇博、我。除大幅刊登五人诗作，还配发了个性化的自我介绍。报纸出来后大家很快发现了亮点。"暮春者，春服既成，冠者五六人，童子六七人，浴乎沂，风乎舞雩，咏而归"，这是《论语》里孔子让学生们各言其志时曾点的回答，何不言同学显然对这段话情有独钟，于是将它改头换面放在了他的自我介绍里：初冬者，冬服既成，娘子一人，兄弟六七人，浴乎沂，风乎舞雩，咏而归。怎么样，你发现了什么？虽然当时他尚无娘子，但能想着让娘子跟兄弟六七人一起"浴乎沂",这份情怀就值得我们热烈期盼他早日找到娘子啊!

在我后来的文学生涯中我注意到,一所学校的文脉常常很难做到瓜瓞绵绵,络绎不绝。一不小心就会咔嚓一声断掉。就好比我入校时,十三月文学社戛然而止。虽然我办起了太阳石,并且在何不言那里兴盛一时,但可惜他选定的接班人张学振,却是个光会写诗懒得干活的奇怪师弟,当我跑去北大读研,何不言每天泡在图书馆复习考研时,文学社便已开始名存实亡了。

我2002年到人大,距离今天已经13年。用13年的时光来观察某些事情的来龙去脉和某些人的来踪去迹,实在是件很沧桑也很有趣的事。无论青年读书社还是太阳石、中关村59号、人大诗报,如今都已不复存在。而当年一起写诗玩文学的兄弟,也是风流云散各奔前程。顾诚写过一段时间的网络小说,如今自己开公司做书商,虽然辍笔多年,但仍心系文学,每次北大诗歌节开幕式,都来找我要票。陆源写诗渐少,写小说渐多,他那些学金融的同学都去投行和基金公司日进斗金,他则一边在出版社做编辑，一边出了两大本长篇小说。张宇博曾是人大话剧界的明星，毕业后就失了联系。张学振还是个不靠谱的文青，居然在工作三年后辞掉稳定的职位到东非和东南亚穷游大半年，花光所有积蓄，然后骑着一辆山地车从上海来北京投靠何不言。恰在此时他父亲在老家醉酒出车祸险成植物人，折腾几个月后，给他留下数十万元的债务。最风光无限的当属任牧。当年在学校他就是风云人物，毕业后没多久，就纠集了几个小伙伴下海创业，迅速获得了千万级别的投资，并频频出席高端创业论坛。苦瓜和沙拉是最让我羡慕嫉妒恨的一对神仙眷侣，一人写诗，一人画画，简直浪漫到死！如今我租住的小区和苦瓜上班的公司仅有300米距离，但三年以来，我们谁也没想过应该约见一次。

杨庆祥是我们那拨文青当中的奇迹。他早早地荣膺了80后第一批评家的美誉，却没把自己局限于文坛和学界，而是用更加宏阔的视野和胸襟去关注整个社会。

无疑，一个意见领袖正缓缓成型。

如今回想，一切并非偶然。当年的他，便早早地看清了很多事情，并且一直在专注地做他认为值得做的事情。不慵懒，也没浪费时间在歧途。我时常抱怨他从前没教给我更多人生的道理，以致我磕磕碰碰走很多弯路，可实际，当我现在苦口婆心想要跟某个还在读本科读研究生的师弟说那些我在人生中悟出的道理，对方的反应明显是一片茫然甚或不以为意。也许多年以后他回想起我说的话才会恍然大悟，人生兜兜转转，却怎么也跳不过中间那一大段歧路和转弯。

一个还能回得去的母校，一段年轻而不可逆的时光。如果不是四岁时不肯上学一直拖到六岁，如果不是考到了人大，如果不是从小喜欢文学并读了中文系，我的人生大概会和现在大相径庭，我的身边也会是另一群小伙伴。人生中很多缘分和转折，往往就因你恰好坐了某一班地铁，偶然在网上看到某条信息，试着给某人发了条短信打了个电话。

小时候，我们常常被问到这样的问题：你长大了想干什么？宇航员、科学家、明星、老板、官员、作家……你说你理想丰满，耐不住命运泼皮。我很庆幸，从那时到现在，我对未来的设想虽经历过波折，却守住了原点。我身边的布景不断变换，但舞台还保留了最初的轮廓。

这样的选择不一定正确，但必须温暖。

咯吱咯吱

葛至是我在北大读研时的同学，住我斜对门宿舍。第一次见面我就感觉他波澜老成，不似我们这些人，嘻嘻哈哈没正经。

不管你什么时候推开他宿舍门，他总是手里捧着本书埋头在读。假使你赖着不走，他也能做到闲谈间不时翻过去一页。

我和他之间，经常发生这样的对话：

"至哥，打台球去？刚发现一地儿，十块钱通宵！"

"不去，我看书呢。"

"至哥，喝酒去？今天平安夜，单身汪们相拥取个暖啊。"

"不去，我看书呢。"

"至哥，今晚世界杯决赛，大家都在老丁那，就差你了!"

"不去，我看书呢。"

"至哥至哥，图书馆看书去？这你总没法拒绝了吧？"问出这个问题后，我脸上全是得意的笑。

至哥终于严肃认真地看我一眼，缓缓合上了他的《管锥编》。

"图书馆那么嘈杂的地方，哪看得了书？而且好书太多了，我会忍不住看看这本又看看那本的。那样太没有效率了。"

至哥就是这样一个嗜书如命，无时无刻不在学习充电的人。我时常怀疑他是台程序已设定为"学习"的机器人，除了机械地执行指令，再没有别的机能。

他缺少课余爱好，也舍不得随便花钱。一年四季，几乎就只有四身衣服，每个季节都从一而终。

虽然，对我们这种颜值和身高的男生来说，找个称心如意的女朋友并不容易，但即便是我，也不时会暗自垂涎某个女生，然后把人家校内网照片下到电脑做桌面，可至哥似乎是铁打的身躯石制的心，从不跟我们聊这些你侬我侬的话题，也从未流露过对某个女生特别的青睐。

当然啦，如果非要揪出这么个女生来，也不是完全没有蛛丝马迹可寻。比如学校南门外，那个又老又丑脚上还没有脚掌的女乞丐……至哥每次经过都会朝她碗里扔几枚硬币，逢年过节甚至还十块二十块地慷慨解囊。而碰到其他乞丐，至哥从来都是视若无睹地大步走过。

此事被班里好事者列入畅春新园十大未解之谜，有一帮爱好者一直在绞尽脑汁试图破解。其中一个人经过一番实地考察之后灵光乍现，断定这女人其实并不丑也不老，极有可能跟至哥年貌相当。接着他又喜出望外地从鲁迅先生的《肥皂》里找到了旁证：你不要看得这货色脏。你只要去买两块肥皂来，咯吱咯吱遍身洗一洗，好得很哩！

那时候网络上还没开始流行捡肥皂说法，但大家都从这个推断里找到了极大的乐趣。以至于有段时间一见至哥便要问他：至哥，要肥皂吗？咯吱咯吱……

至哥的求学之路并不平坦。他中专毕业后当过几年乡村教师，然后考同等学力，又连考了四年研究生，才终于考上北大。故此，他年龄是班里第二大的。他朋友中有太多人像他一样不甘心雌伏一隅，却耐不住寂寞娶妻生子，终究被家室牵绊，没能撒丫子去追求自己的梦想。至哥的定力由此可见一斑。

　　有一年寒假，我和至哥都没回老家，就在学校过年。除夕那晚，至哥终于没有拒绝我的邀约，大大地赏脸和我在宿舍喝啤酒吃花生米。

　　至哥给我讲了很多他在云南教书和考学的故事。至哥说他当年教书的学校，坐落在深深的山沟里，又被大江阻隔，与繁华的市镇难通音问。小孩子漫山遍野地干农活，仍有余力才来听几堂课，还会不时地被大人抓走。家长总嫌弃至哥占用了他家的劳动力，每次见至哥都只有一副凶神恶煞的表情。他一个人管理一个学校几十号人，不同年级的不同课混在一起上。经常刚讲完一首李白的诗歌，就合唱一曲《国际歌》，刚说过地球公转的原理又来一段满清亡国的教训。

　　很少有学生能考上镇里的中学，考上了也常常架不住家长心疼那几块钱学费，任凭至哥好说歹说，最后孩子还是留在山里卖力气干农活。

至哥父母培养出他这么个中专生也属不易，对他留在山沟沟里教小孩一直埋怨不已。最后至哥终于从那学校出来，决心为自己的人生觅得别样的风景。他很多同学都在偏僻的乡村和贫瘠的街镇安家落户，被家庭的重担压得寸步难移，只有他在别人孩子都开始打酱油了还坚持单身不娶，一年又一年地冲击着心中崇高的梦想，居然就这么如愿以偿。

至哥的普通话并不标准，被酒精浸泡过的舌头也有点玩忽职守，至哥满怀的前尘影事，我不过听了个七七八八。

两三瓶啤酒就让我的脸红成了苹果，我半开玩笑地问至哥："你那么拼命地读书，就是怕将来找不到工作还回山里去吗？"

至哥谈笑的神情突然敛住，认真地盯着看我的眼睛："这是个很长的故事，你确定要知道吗？中间不耐烦了，我是不会停的。"

"当然要听！你先别说，我去上个厕所！"

我很用心地上了厕所，开始听至哥的故事。

"我出生在一个不那么深的山沟沟里，比我教书的地方稍好那么一丁点。父母都是彻头彻尾的农民，父亲身上还带着点病，家中境况可以说窘迫。我父母早就决定了只想生一个男孩，给家庭减少负担，没想到却生出了一对双胞胎，我姐姐和我。"

"原来你还有一个姐姐，怎么从没听你说过？"我感觉眼前的至哥有点重影，赶紧插句话给自己提提神。至哥的父母我们都见过，研一入学时在至哥宿舍打了好几天的地铺，把天安门、长城、颐和园之类的地方都逛了个遍，这才反身回程。至于姐姐，的确是头一次听说。

"姐姐虽是不速之客，倒也给家里添了不少人气。反正一应的衣食都极度从简，总能够勉力支撑下去。而我有了姐姐的陪伴，自从记事开始，也感受到了诸多的欢乐。虽然我们都开始上学，让父亲母亲感到了天大的压力，但姐姐极为懂事，为家里分担了许多劳动和烦忧。这种局面到我们七岁那年终于被无情打破了。父亲在农闲时节经常到镇上的工地砌墙，也能补贴些许家用。结果他从二楼摔下来，断了一只手、一条腿，家里的捉襟见肘就是从那时候开始的。到第二年，父亲和母亲吵架的频率直线上升，终于有天趁母亲不在把我们叫到他身边，说了一番让我一辈子忘不掉的话。

"父亲说，他现在干不了活，家里已经债台高筑。我和姐姐之间，必须有一个人停止上学。不仅如此，还得送到别家去。不然一家人都要完蛋。我和姐姐听得心情沉重，但又似懂非懂。

"父亲说，我们姐弟俩都是他的心头肉，公平起见，抓阄决定。他拿出两个纸团，让姐姐先选。姐姐挑了半天，打开后纸上写着一个歪歪扭扭的'走'字。

"父亲收起了剩下的纸团，看着姐姐的时候，脸上露出慈祥的表情。可就在这时，姐姐突然抢过父亲手中的纸团，麻利地打开来，只见那上面也是写了个'走'字。

"父亲尴尬得直咧嘴，姐姐却什么都不再说。

"两天后，姐姐就从家里消失了。两个长相凶恶的男人带走了她，并留给父亲一个厚厚的信封。母亲安慰我，姐姐将被送到城里一户有吃有穿的人家，只要她乖乖听话，日子就会很好过。

"可这个谎言很快就被村头葛老缺家的儿子葛七七戳破了。葛七七和姐姐同时被那两个男人买走，两个月后哭爹叫娘地逃回了村里。原来，那是个组织严密的犯罪团伙，专门到偏远乡村采购适龄小孩，打残后派去城里行乞。葛七七也是鬼灵精怪，竟然拣了个机会逃出魔掌，还认准了回家的路。

"母亲终于有了点五内如焚的感觉，抓着葛七七问姐姐怎么样了？葛七七把一双没了手掌的胳膊伸到母亲跟前，摇摇头说，我没了手，你家颖儿没了脚。我逃走的时候要背着她一起走，她说她没有家，她不走。"

"至哥你等等，你确定你不是在给我讲新一期的《故事会》吗？"我有点蒙，从没听身边人讲过这么离奇的故事。

"凤姐才看《故事会》，我这种高级知识分子，难道不该看《读者》吗？"至哥脸上的表情亦庄亦谐，让我琢磨不透他此刻的心思。

"所以你觉得你上学的机会来得特别不容易，不好好学习就对不起你姐姐？这就是你一直手不释卷的原因，我猜对了吗？"我端起酒杯想敬至哥，突然感到一阵没来由的憋屈，一仰头就自己一口闷了。大年三十，至哥要是编这么个故事逗我玩，也够处心积虑的。

"想笑你就笑吧，来来来，喝酒！"我还没反应过来，至哥已经咕嘟咕嘟灌了我三杯。第三杯来得太急，我终于哇的一声吐在了裤子上。

我嘴里骂骂咧咧地叫着倒霉，却看见至哥似笑非笑地看着我说："没事，我去给你买两块肥皂，咯吱咯吱。"

我的神思一下子就恍惚了起来。

年轻时总感觉无路可走

最近忙得不可开交。本身背负的工作就已不轻，还有那么多自己真正想做的事。时间就像海绵里的水被我一再压榨。如果抽出一根肋骨能再造一个彭敏，帮我分担这一切，多痛我也愿意忍。

不知你是否也有过这种感觉？浪费了一点点时间都认为自己在犯罪。

这，或许便是成熟却仍不满足的结果。已经确切知道自己要什么，也知道该如何去要，却惊恐地发现，就像刚从一场梦、一次冰冻里醒过来一般，那么多人忽然都跑到前面去了。再怎么拼命追赶，终究出发得太晚。那些先行者，究竟是在什么时候把我们远远甩在身后的？明明就在昨天，大家还在同一幢寝室楼呼呼大睡，在同一家成都小吃喝酒撸串。想想读书时那些通宵打台球的日子，那些开启了星际争霸就连续十个钟头坐在电脑前不动窝的日子，那些日复一日东飘西荡游手好闲的日子，终于知道什么叫悔不当初了。

　　如此这般回首往事，一切就都了然。年轻时总感觉无路可走，无事可干，时时坠入困惑迷惘，却无力正视自己的平庸。年轻，就像在一片迷雾中行船，聪明者认准了隐约的轮廓，便逐渐到达更加清晰的彼岸。鲁钝者以为大家都如自己，在雾中打转，等到雾散时才猛然惊觉，身边已经空无一人。

　　到底什么事情，才是我们真正喜欢又真正值得付出心力？曾经的我那么笃定，却在风还未起时便开始放肆摇摆。内心孱弱如我，那么渴望被别人肯定，却选择了最不能获得肯定的诗歌，陪伴自己度过年轻的时光。那是一个密闭褊狭的空间，当我全身心地投入，便会产生细小的光泽和融融的暖意，但只要我向外面的世界探出头来，我便仍是那个独自泡图书馆的少年，永远在石灰般惨白的灯光下窥见情侣们用亲昵的动作扰乱自习室的秩序。

孤独，是个不善言辞的好朋友，我们之间的友谊，固若金汤。

有多少人和我一样，在读书时觉得爱情是一切，却独自过完了学生时代？本科四年的我，那么羞涩，不敢说话，生怕别人的目光把自己烫伤。如果在一堆人里被偶然地提及，一定是慌张地连连摇手，把话题转移开去，过后，却又那么痛恨自己。在烟花般灿烂的北京城，我不过是个小个子的乡下孩子，面对别人的精彩，只配做个伤感的观众。

还记得大一时不知哪来的胆量，和室友一同去参加十佳歌手比赛。室友虽然表现平平，曲终时评委毕竟客气几句。轮到我时，仓促买来的cd碟片竟然无法消除原唱，只好硬着头皮清唱，结果刚到副歌部分就破音了。因为缺少伴奏，连我自己都觉得无比刺耳。

我是在众目睽睽之下，被评委轰下台的。19岁的我，从没在北京买过衣服，那张碟片还是我跑遍海淀图书城，淘了一下午才淘到的。中间因为内急找不到卫生间，甚至尿湿了左腿裤管……那一绺淡淡的湿迹，擦肩而过的人未必看出端倪，却热辣辣地烧灼了我一个下午。恰如我被轰下台时，没人会留意我内心破碎的痕迹，所有的天崩地裂五雷轰顶，没有伴侣，只有我自己。

这个场景是我学生时代最深刻的记忆之一。它给了我这么一个"善意"的提醒和激烈的暗示：外面的世界虽然精彩，却不是我随随便便就能够拥抱。我急于向周围人展现出来的自我，根本就枯燥无聊。所以，每次我心痒难搔，必定迎来当头一棒。比如在班级元旦晚会上，我原定吹笛一曲，结果临上台一分钟，不小心弄破了笛膜；比如讨论课上的主题发言，早就背得滚瓜烂熟的演说词，一到了台上就像被身后的黑板全部吸走了……

久而久之，我便认命地接受了这样的结论：灯烛辉煌人瞩目与我无关，我只适合躲在角落里，安静地钻故纸堆，只有那里才有我的尊严与荣耀。我基本放弃了说话的技能，在文字里离群索居。我的室友们，都去参加学生会，勾搭大师姐，而我，连班里的女生都不认识几个。和联谊宿舍的女生一起出去游玩时，室友总是会向女生们指着我说：你们别看他不说话，他很内秀的！女孩子们装腔作势地惊呼了一回，甚至还有人试着过来和我说话，但很明显，我根本不知该如何与异性交流。

我像一件长久无人问津的商品，无意再将自己销售出去。哪怕尘土越埋越深，我有我的怯懦与安稳。

我们每个人都在寻找成就感，来支撑自己与世界抗衡。诗歌是我唯一的选择，却徒劳无功。到大四的时候，我也发表了不少作品，也获了校内校外的奖，内心却依旧虚弱。我爱上个子高于自己的女生，结果只能是无以言表。我常常安慰自己，一辈子很快就会过去，我还根本没有好好审视这个世界、经过这个世界，却一意孤行地认为自己已经被世界抛弃。

文学善于把人变得柔弱。诗歌更是如此。然而，我却只有这一根救命稻草，用来安放我的青春。

你知道吗？孤独有很多种气味，悲伤也分为不同的颜色。夜晚的悲伤最迷人，人海中的孤独最带劲。当孤独变得潮湿，那是我忍不住掉了眼泪。

男人的眼泪并不可耻，但一定要为心爱的女孩而流。我从前不知流过多少这样的泪水，今后也准备继续流下去。

当我流泪时，我才活生生地存在着。好过那些浑浑噩噩打游戏的时光。研究生三年，是我人生最低谷。虽然在小说写作上开始有所建树，整个人的状态却每况愈下。颓废席卷了我，啃噬着我。我打三种球类，学四门乐器，交八方朋友，也无济于事。

我一个得抑郁症的朋友，曾经屡次吞安眠药试图了此残生，却阴差阳错都被救了回来。两个月前，我在浙江参加了她的婚礼。我们都曾坠入过最深的深渊，现在勉力爬了上来，若无其事地混迹于周围的人群，几乎就要得逞，除了在某些个毫无防备的午夜梦回时刻。

多少抑郁是来自不满足？眼睛像探照灯已经看到了很远的远方，沉重的肉身却仍在此地打转。现实和未来之间那条鸿沟如此壮阔，还没开始泅渡，便让人回肠百转。

生活中有太多这样的艰难困苦不满足，并不能像老师临下课时布置的家庭作业，三拳两脚就可打发。更多时候，需要我们试着耐心与它们相处。那些每天磨损你的东西，如果最终没能将你消耗净尽，那么你终将被磨得光彩照人。脆弱如我，鼠目寸光，也只有在多年以后才逐渐领悟出这个道理。

很多事情最怕的就是深陷其中，再无法用超然的目光来冷静地审视。在这方面我是一个糟糕的例子。我的朋友w，则用年复一年的努力向我们证明了，在相似的困境中，完全可能走出来截然不同的人。我们在各方面的条件和处境都十分接近，但我从没见他流露过任何的孱弱。他日复一日在黑暗的T台上磨炼自己的舞步，直到有一天突然领受了一缕嘹亮的追光。

回过头来看事情，会有诸多的一目了然。尤其随着年轮越积越厚，看过的升沉起伏越来越多。也许某段路走得跌跌撞撞，但还有机会迎来一马平川，而在别人的出路中，也一定会有我们突围的方案。

青春里不能出口的爱恋

　　我和小兮，已经很多年没有联系。偶然碰见时说的那几句话，也已经生分至极。还记得几年前我们一个共同的朋友搬了新家，我去围观，一进小区我就乐了，这不就在小兮家旁边吗。我很兴奋地拨她电话，又言辞热烈地发了短信，然而，没有回音。我还在怪她换号怎么不和我说一声，朋友不死心地拿起自己电话拨过去，她马上就接了。

　　这件事情是从什么时候开始的？小兮决定不再理我，把最后那点若有若无的联系也一刀斩断。我搜索枯肠，找到几个可能的解释，其中一个让我心里咯噔了一下。尽管当时我压根没把它当回事，但如今时过境迁，要厘清那样一个误会，难之又难。何况，人心是这么奇怪的东西，纵然你说得清天大的道理，却抹不去最小的芥蒂。那么多偶然犯下的错误、不经意失掉的机会，我都是这么后知后觉。

我的青春一穷二白，连个女孩子的手都没拉过。所有的七荤八素、黯然销魂，都只是心理戏。

小兮是我本科期间最喜欢的女生，尽管，从来没表白过。

她是大二时从别的学院转到中文系的，在此之前我们因为拐弯抹角的因缘，曾经通过一次电话和几封邮件。人到中文系了，宿舍却没换过来，无法通过朝夕相处来缔结新的友谊，我这个唯一还打过交道的人，就成了她顺理成章的选择。

那时的人大，中文系并不出彩，学生多是分数不高调剂来的，真正爱文学爱写作的没有几个，我和小兮都是狂热的文学爱好者，很快便耳鬓厮磨地混在了一起。

其实，本科时候的我，是个相当沉默寡言的人，在陌生人面前几乎就是个哑巴。但若混熟了，却极尽贫嘴薄舌碎节操之能事。恰巧小兮也是同好，两人经常斗嘴斗得很开心。

她身高达到一米七，小时候又是被母亲当男孩养大的，穿衣打扮也偏中性，颇有些英姿飒爽的味道。记忆里，印象最深的场景，是某天晚上的课她迟到了几分钟，在老师严厉的目光里诚惶诚恐地走进教室，一不留神却撞在了课桌上，绾起来的一头长发顿时如飞湍瀑流倾泻而下，我当时就看呆了。

我找了合适的机会，郑重其事地告诉小兮："其实，你长头发披下来的样子，可有女人味了！为什么偏要像坨大便一样扎在脑袋后面？"

小兮居高临下地看着一米六五的我："可是我没有胸啊！"

成功喷血后，我安慰她："没关系，我也没有，还不是活得好好的……"

小兮居高临下地看着我："你一米六五都能活得好好的，没胸算什么！"

这次对话后，我很认真地服用了大半年的增高药……结果是，现在填表时身高一栏还是写的一米六五……做个诚实的人，挺好。

有种说法，认为男生的心智成熟得比女生晚，回首过往，我当年的懵懂不更事历历在目。

有一次我和小兮在教二草坪旁的长椅上聊天，不知不觉就到了凌晨三点。整个校园渺无人迹，只有草间虫鸣交相应和。多少偶像剧情经此场景会发生质的飞跃，我却只是依依不舍地道了别，依依不舍地回了宿舍。撇下小兮自己，一个人骑单车，穿过光线昏暗的林荫道，穿过心怀鬼胎的核桃林。

我只觉得度过了一个美好的夜晚，种种情绪激荡心间，却完全没有想过，一个小姑娘在那么深的夜里自己回宿舍，是会感到害怕的。直到很久之后和小兮又聊起那个夜晚，她才百般无奈地告诉我，没想到我们聊得那么好，我却不肯护送她回宿舍。

最近看到一句话大感惊艳：如果你特别迷恋一个人，那你一定配不上她。当时的我，大概就处在这种状态里。

记不清面对喜欢的女生，我的自卑是从什么时候开始的。我的日思夜想，每次到了小兮跟前都化作寂然无声。

直到现在我还很好奇，小兮究竟是早已察知了我的小心思却佯装不觉，还是一直当我是个无话不谈的好闺蜜？随着时间的推移，两个人相处得越来越义气，任何一点逸出了友情的表达，就变得更加艰难，也更加诡异。

在人烟浩荡的北京城，在遍布红男绿女的大学校园里，我只是个永远在仰望别人的农村小矮个，我喜欢谁讨厌谁，又有什么要紧的呢？

唐玄宗开元年间，一批由宫女缝制的棉衣被送到前线军中。一个士兵穿上新衣感觉里子怪怪的，就拆了开来，发现里面有首诗：沙场征戍客，寒苦若为眠。战袍经手作，知落阿谁边？蓄意多添线，含情更著绵。今生已过也，结取后生缘。

士兵将此事告知了主帅，主帅上奏朝廷。玄宗得知，以此诗遍示六宫，最后终于有一个宫女站了出来，承认自己就是那个写诗的人。她以为这下肯定是万死，却没想到玄宗居然许她出宫，嫁给了那个士兵。

这个故事记载在唐人孟棨的《本事诗》里，之所以乱入，是因为这首袍中诗的最后两句被我用小刀镌刻在求是园中的一棵树上，旁边还加上了小兮的名字。十多年过去，依然清晰可见。每次去人大，我都会在树下默默抬头，偶尔还爬上去，摸摸那些越来越发黑的文字。

　　如果树有耳朵，我想对它说：

　　青春里不能出口的爱恋，请为我妥善保管。

全心全意，赠他欢喜

你有没有伤害过自己最好的朋友？后来，你们怎样了？

2007年，我就干了一件这样的傻事。直到今天，仍追悔莫及。

其实事情特别简单。A和B都是我的好朋友，我一不小心说漏嘴，把A对B的一个评价说给B听了。没想到B是个性情那么冲动的人，当即就要发短信去质问A，到底他哪里得罪A了。我无法阻止，只能眼睁睁看着B给A发了条措辞激愤的短信。

A和A的男朋友都是我最好的朋友，但在那个夜晚，我就这样把她出卖了。细究起来，那不过是一句再寻常不过的话语，就像一块鸡蛋大的石头，无奈掉落的地方不是池塘，而是一个并不宽阔的小碗，于是激起了滔天的波澜。

A平时一直是个御姐范儿的女孩，后来我才知道，那天晚上她哭得稀里哗啦，内心满是复杂的情绪。而B也好不到哪去，他伤心又愤愤然的样子，久久不能平复。

至于我，也无法接受自己做出那样的事情，几乎到了崩溃的边缘。我觉得自己再没有脸面留在这个园子里，再没有勇气出现在A和其他朋友的视野中。我独自坐夜班车穿过凌晨两点的北京，在西站买了一张去往遥远外地的火车票，想通过放逐自己来摆脱一切，却在漫长的等待中耗尽了激情。

当候车室里渐渐开始人潮涌动，我攥着那张即将发车的车票，却再没有勇气跨过检票口。

既然我在那个夜晚经历了从飞湍瀑流到流水潺潺的过程，我相信A和B一定也是如此。

那一年我们正年轻，都是二十三四岁。心情就像蓄满了山洪的水库，一点小小的激荡，就可能轰然决堤。正是那次的事情让我意识到，人在没有坏心思的情况下，也是会犯错误的。我们的一言一行、一举手一投足当中，都暗藏着魔鬼，随时会跳起来，朝我们最亲近的人露出最锋利的獠牙。

因为人心是那么幽微的东西，再熟悉的人，有着怎样的伤疤和禁忌，我们也无从察知。然后某一天，我们放松了警惕，若无其事地就朝别人心尖尖上扎了一针。

并且浑然不觉。

不仅如此，当我们得知对方因此而十分伤心生气时，甚至还会特别不能理解。

我一个朋友平时脾气特别好，从没见他生过气。然而某天，另一个朋友也是自己作的，不断用手去摸他的脖子，结果他居然暴跳如雷，差点没动起手来。

记得《少年包青天》里，包青天的古琴老师蒙放，因为幼年时眼睁睁看着数百族人被绳索勒死，长大后遂留下后遗症，绝不许别人碰他的脖子。这种禁忌其来有自，似乎更容易被理解。我那个朋友，当然不可能背负着这么惨烈的往事，但我们却无需去探究具体原因。他对自己脖子的捍卫，是他独享的自由，一旦我们知晓，便不能再去触碰。

其实，反过来思考，会一目了然。

读书时候的我，最在意的就是自己的身高问题。总觉得自己被关在一具不足一米六五的身躯当中，一辈子都将凄凄惨惨戚戚。而我有些朋友，自己生得牛高马大，自然无法体会矮个子的痛苦。动不动就拿我的身高开玩笑，什么没有一米八就不要学道明寺，什么矮真的需要勇气。我相信他们说这些纯属无心，也没意识到我是什么反应。但事实就是，我至今还一一记在心里。

从这个角度反向来思考，我自己又随口说过多少狠狠刺痛别人的话呢？

一定不计其数。

我们总是习惯于从自己的角度出发去思考问题，在别人的身上套上自己的规则。这样一来，我们就不用再去费心体察别人的爱憎，做个舒服的懒人即可。就这样，我们放弃了在别人内心深处曲径通幽的机会，一辈子只能在门墙外无谓地转圈。有时我们自鸣得意地隔墙高歌，以为对方听到会心旷神怡，可实际的情况却可能是，对方正辗转难眠，任何一点点噪音都会如雷霆般恐怖。我们吃到了美味的巧克力，便强行要送入别人的口中，以为美味是无往不利的通行证，却没想过别人可能正患着糖尿病。

在我自己身上，也发生过一件这样的事情。说起来我真是有点小心眼，但身在其中，那种真实的感受却挥之不去。

在我人生百分之九十的时间里，我都是处于单身状态。只有不到两年工夫是谈着恋爱的。因为女朋友于我，是这么珍贵的事物，所以难免宠溺过度。

2014年春节我回到老家的小镇上，尽管网络时有时无，我还和当时的女朋友L不停发着微信。在我打光棍的日子里，父亲母亲整天唠叨我早日解决终身大事，那天我跟L聊着聊着就想给她个惊喜。我让父亲母亲都在微信里说了几句话向L问好，我妈最机灵，说了些讨喜的话之后还顺势问L，什么时候来我家玩呀？

L当然很高兴。

接着，轮到妹妹跟L打招呼了。不知道她哪根筋出了问题，竟然就是不肯。平时我隐约能觉出妹妹不怎么喜欢L，但两人甚至连面都还没见过，又何必如此不通人情呢？

特别是，我跟妹妹从小关系就特别好，当她缺钱时，我甚至卡里只留几百也敢打给她几千。

可她却在这关键时刻拒绝了我。

我只能含糊其辞地跟L解释，妹妹这会儿不方便说话，拼命用别的话题搪塞过去。

心里自然是十分伤心。

尽管后来，妹妹察觉到我悄悄发起的冷战，主动跟我示好，我却长久不能释怀。

当我回到北京，妹妹从深圳给我寄来新款的围巾，又在我生日时送我一个特别漂亮的日记本。

但，那些并不是我想要的。我想要的，她却不肯给。

在一段关系当中，我们付出心力，也获得回馈。怕就怕，我们付出的别人不以为意，获得的也不过如此而已。在乎一个人，不是我们有什么就给他什么，也不是觉得什么好就给他什么，要看他真正喜欢的东西在哪里。

付出，也是一门艺术。过于盲目，就会枉费心力。

当我心里装着了一个人，我一定偷偷观察他的点点滴滴，每个细节都悄然铭记。做到了这一切，我就能够小心翼翼躲开他的禁忌，全心全意赠他欢喜。

我与文学：不得不说的故事

　　我老家的乡村，婴孩满月，大人便在一个盘子里装上些杂七杂八的东西，端到孩子跟前，看孩子在懵懂中伸手抓到什么，以此来预卜他的将来。抓到剪刀的，以后可能便要做裁缝；抓到锤子，大抵是个做木匠的命；农具太大，不能装盘，代之以一把未舂的谷粒，我祖祖辈辈的先人们，无论贤愚智讷，或许也并未在盘子里抓向那把谷粒，却都被这灿烂而饱满的颗粒耗尽了终生。

　　这个故老相传的习俗，叫作"抓月"。据我母亲讲，我在抓月时，抓到的是一本书和一支笔，这要算我与书本的最早联系。后来我果真成为村里有史以来读书读得最好的人，不想这乡野民俗，虽无多少科学依据，冥冥中却透露出几分命定的讯息。

很难说清，我们幼年时对某件事情的喜好是如何培养出来的。记忆中，年幼的我最早开始与文学沾上一点边，是在县城的街道上。记不清是什么时候了，总之是在上学识字以后，七八岁或者八九岁的样子。父亲和舅母因了一件什么事情携我进城，路过一个水果摊，舅母提出要给我买一个菠萝。孩童的性子，大抵是好吃加贪玩，当时的我，已经多次在城里的街道上看见过那种一身疙里疙瘩的金黄色水果，却还从未真正品尝过。舅母的慷慨，无疑是天大的赏赐。

水果摊旁边，是一个小书店。一眼望去，花花绿绿。我们镇上当时是没有书店的，那是我第一次见到教材之外的书本。无法描述，也无从解释，当时的我是何种想法、何种心情，我朝菠萝狠吞两下口水，却伸出细嫩的手指，指向了书店门口小摊上的一本书。那是本配有拼音和图画的童话，封面上拖着一条鱼尾巴的美丽姑娘，瞪着一双大眼睛楚楚可怜地看着我。

艰难的抉择来临了。在菠萝和童话之间，舅母说，我只能得到其中的一种。

一边是诱发过无穷想象的鲜嫩水果，在阳光下泛着奇异的光芒，另一边则是朴实无华的薄薄卷册，安静地躺在书摊上一个角落。回忆在这一刻变得有些模糊不清，后来我一次又一次怀念起那个温暖的春天的下午，却终究不能明了，当时的我经过了怎样的考虑、怎样的斗争，才将那本还有许多字我都认不全的书本带回了家里。

那该是一本缩写版的世界童话选集，书中的故事如今我已经浑然不记。那些故事抑或图画给我带来了怎样的欢愉、怎样的美好想象，我也无法一一说起。那个下午在我眼前打开了一扇窄小却又深宏的门面，在连电都还不通的荒寂的乡村，在那段多梦又多劫的懵懂岁月，我开始由一个偷偷在邻家女孩的文具盒里装几条毛毛虫的野孩子，逐渐变得时常对着天空不语，喜欢望着远方发呆。

出生在城里的人永远无法想象，一个乡下孩子需要付出怎样的努力才能在资源极度匮乏的乡村充实和发展他自己。

我出生于八十年代初，伴随着我的成长，我故乡的村庄和乡镇也在不知不觉中发生着令人欣喜的变化。镇上有了第一家书店，村里通了电，在镇上一所小学食堂里工作的父亲，买回了村里第一台黑白电视机，乡人们渐渐都住进了红砖房……这一切的变化，孰先孰后，我完全说不上来。那时候家里的经济状况并不好，我在经过第一次的艰苦努力（无非是一哭二闹三不吃饭吧）说服父亲给我买了一本《一千零一夜》之后，已经能够偶尔光顾镇上那家店面既小书也少得可怜的书店。父亲的工资还很低，母亲又赋闲在家并无收入，想依靠买书来读书，无疑是有上顿没下顿，不敷所需。

　　真正丰富的资源，来自父亲工作的小学的图书馆。说来惭愧，那个图书馆只向本校的教师开放，而父亲不过在食堂里做些粗活，并无借书的权利，为了我，一向忠厚老实的父亲竟然干起了小偷小摸的勾当。图书馆几乎每学期都要购进一批新书，载书的车子开来时，校长逮到谁就把谁叫去做搬运工。这是个纯粹义务性的活儿，被校长拉了壮丁的人一个个愁眉苦脸，只有父亲欣然领命，抱着一摞书屁颠屁颠地奔向二楼的图书馆，瞅人不防，中途一个转弯，全给塞进了自家床底下。我至今记得小学时住在乡下老家，土房子里用木板搭出昏暗而逼仄的二楼上，一口火红的木箱子，满满一箱子的书。

上初中时，母亲承包了小学里的一爿零食店，家中经济有所好转。由于父亲好歹算是学校的职工，还花两万块钱分得了一套家属房，全家搬到了镇上。同住一个院子的，除我们一家，都是学校的教师和学区的干部。没几天，家属们就互相混熟了，我也有了三个高我一级的伙伴。其中一个，我的本家，正是校长的公子。我们四人整天泡在一起，后来就私下里达成了一个小小的阴谋：每隔一段时间（要么是他们嘴痒，要么是我心痒），我便偷来母亲的钥匙，带他们潜入零食店，任凭他们大肆劫掠满载而归。作为交换，校长的公子则从他父亲处偷来图书馆的钥匙，回报这顿美味大餐。那些架子上满满当当的书籍，我也可酌情取用，不必归还。这见不得光的交易几乎贯穿了我们整个的初中时代，直到他们三人先我一年毕业，出外读书，这才作罢。

如此漫长而频繁的偷盗，一向细心的母亲竟然一直都未发现，这不能不使我心中暗暗疑惑。即便我们在离开那爿小店时成功毁灭了一切的蛛丝马迹，母亲就没有注意到我书架上那些来历不明的藏书么？我幼年时对父亲、母亲的口袋还有奶奶藏在衣橱深处、工工整整折叠了好几层的花手绢，都进行过无数次可耻的盗窃，有时我自觉马脚甚大，一与人交接，更是错漏百出，然而他们竟似从未发觉，绝不问起。

回到偷书的问题。如前所说，我最早接触到的文学，是一些关于王子、公主、美人鱼和天鹅的故事。自从父亲开始给图书馆搬书，而我又以卑劣的手段打开了那座图书馆的木门，眼前便出现了一个更加辽阔的世界。

我开始在昏黄的灯光下背诵那些美丽而忧伤的诗句，在温柔的晨曦中想象那个刀光剑影而又儿女情长的江湖。微风翻动书页的刹那，我徜徉于千万里之外的俄国乡村；夜雨敲打屋瓦的时辰，我的梦里也飘起一场顺着无数伟大作家的笔端，滂沱了许多个世纪的雨。

不敢说年少稚气的我从那时的粗浅阅读中获得了多少东西，但那种抚卷流连不能释手的感觉确实伴我度过了一段无比充实的日子。上初中时我仍住在家里，每天晚上从学校自习归来，母亲替我熄灭了卧室的灯火嘱我早睡，我却常常在被窝里打起一只手电筒，把被子捂得严严实实，趴在床上读小说。这样看书在冬天称得上美妙的享受，但在夏天，暑热难当，无疑是难忍的折磨。母亲经常奇怪家里手电筒的电池怎么都没怎么用就没电了，她一直不知道我虽然按时起床去学校，晚上却从没有安分过。

按照某种理论，爱一个人，不一定要同他（她）结婚，一生厮守。爱文学，也不必一辈子以文学为生计。但我可能爱得太深，无法自拔，终于还是在大学读了中文系。如果说恋爱之中最销魂荡魄最让人回味的是初恋，我与文学的这场旷日持久的恋情，如今算是进入四平八稳的婚姻阶段，但它在最初的那段日子里给我带来的最充实的幸福、最浪漫的幻想，至今思之仍然记忆犹新。那种感觉无以言传，恐怕只有身处其中，方能解个中三昧。

昨天的我，如何生产出今天的我

大一刚入学的那个国庆节，我们306宿舍的六个人，一时兴起，徒步去了趟北大。

当时的北大，还没有像今天这样，非得登记身份证才能进得了校门。我们六个人长驱直入，在人潮汹涌的未名湖边用傻瓜相机匆匆合了张影，继续回到冷冷清清的人大。

对中国大多数的学生来说，北大当然是永远的诱惑。高考差了十几分，那便只有寄希望于考研。从那个国庆节开始，我便在心里立下誓愿，将来一定要考上北大中文系的研究生。

上大学一个特别大的感受，就是学校安排的诸多课程，往往学不到什么东西，却大大地占据你的时间。如果你按部就班地接受那些安排，你会发现似乎什么都没干，一个学期又一个学期，就这么过去了。

为了拿到漂亮的成绩单，为了赚取数额不菲的奖学金，很多同学兢兢业业地上课、写论文、复习、考试，最终他们如愿以偿。而我，对这些给定的课程，有种天然的厌恶。

李敖曾说不会逃课的学生，不会是好学生。这话当然教唆了我。而且，自己泡图书馆的效果，的确要比呆坐在课堂上，听不善言辞的教授絮絮叨叨强太多啊！

结果我的成绩，在班里排倒数前几名。

最搞笑的是，英语课是小班，一共才二十几个人，一学期下来，彼此都混得很熟。所以当我逃了一学期课去考试时，英语老师逮着我盘查了半天，怀疑我不是她班上的人。幸亏同学们积极作证，才给了我施展才华、考60分的机会。

一个人时间有限，为了做自己最想做的事，就要大刀阔斧地舍弃那些细枝末节的东西，如今的我，越来越感觉是真理。

整个大学期间，我都在自己读书、写诗，完全没把中文系的课程放在心上。到大三下学期，同学们纷纷保研，甚至有人保送去了北大中文系……早知道有这种机会，我估计也会卧薪尝胆地发奋学习吧。

　　从2005年3月份开始，我正式投入了考研的复习。好在两个学校也算是比邻而居，相关的资料和信息容易获得，不会像无头苍蝇找不着北。在考研论坛上我看到一个帖子，发帖人叫为研民服务，自称是北大中文系的研究生，手中整理有各细分专业详尽的考研资料，定价300元。

　　我如获至宝地约见了这位师兄，他果然不是骗子，但买来的资料经过细看，无非就是把教材中一些知识点集中整理出来而已。这位师兄也算生财有道，他在考研论坛经营多年，好几届考研的人都向他买过资料，绝对是勤工俭学的典范。不过他这样打着中文系的名号赚钱，影响当然不好，终于引起系里的震怒，在我后来读研期间，先是听说他答辩出岔子不得不延期毕业，没过多久干脆让警察逮起来进了局子。罪名是销售非法出版物。后来，我就再没听说过他的消息了。

考研是个体力活，也是对精神的完美折磨。

从3月到7月，我每天晨兴夜寐，学习时间在十个钟头左右。7月初，终于感觉忍无可忍，濒临崩溃。接下来一个月，我读海子，读顾城，读西川，身子仍在自习室，灵魂却被诗给带跑了。我一周写两到三首诗，像做微雕一样打磨词句，动不动就是一首长诗呱呱坠地。那是我人生中产诗量最高的一个月，我像个获得了假释的囚徒，贪婪地享受着每一个能写诗的日子。

8月，假释期满，继续披枷带锁。

由于普通教室时常排课，考研族基本聚集在旧图书馆的四个专用自习室里。僧多粥少，要保证每天都有座位，就只能拉帮结伙，大家轮番上阵早起占座。在竞争日趋激烈的情况下，最终只有五点多便爬起来，才有希望占到座。这在天气平和的季节尚可，到了数九寒天，绝对是酷刑。倘若一不小心冻感冒，病骨支离，几天时间就白白耽误了。

人在紧张焦灼中待得太久，心灵尤其需要抚慰。在日复一日的抢座大战中，有一天，我对面突然坐了一个面容清瘦的女孩，一下子点亮我黄卷青灯的生涯。第二天我起了个大早，发现她还占那个位子，机智如我，就在她对面的位子上安营扎寨了。

那时的我，连衣服带鞋也只能称出八十多斤，而对面的女孩，个子略高于我，看上去却比我还要细瘦。她应该不是考研族，并没有像我一样整天泡在自习室里。不在的时候，就在桌子上放一个大厚本的《行政管理学》宣示主权。我挑了一个自习室没人的时间偷偷看了那本书的扉页，原来她的名字叫小z。

我一厢情愿地推测，小z如果不是特别迟钝，应该会明白，为什么有个男生天天都跟她坐对桌。可她却没有因此就调换位置，可见也并不讨厌我。在背书背得生无可恋时，一抬头就能看到一张可心的面容，这多像一个绝望的囚徒，在忍受酷刑之后看到了攀缘的常春藤从窗外递来的花枝。

我无数次打腹稿，窥伺着与她搭话的机会，却总是自动败下阵来。有几次，我甚至悄悄跟在她身后，观察她去上什么课，进了哪座寝室楼。结果却撞见她和男朋友激烈地吵架，在宿舍旁边的小花园里哭得梨花带雨。

那天晚上我担心得睡不着觉，第二天总忍不住偷眼观察她，大概比她自己还要心神不宁吧。闭馆后，我小心翼翼地跟在她身后，经过一番七弯八拐，停在了一栋男生宿舍楼前。几分钟后，她的男朋友下来了。他们像什么都没发生过一样，手拉手去了南门外的小旅馆……

后来我就换位置了。

生活就像一张蜘蛛网，在不同的分岔口选择了不同的路径，到手的将是迥然不同的人生。

为了考研，我放弃了去美国某大学做汉语助教的机会。我一个同学取代我远渡重洋，如今他已在俄勒冈定居，娶了个金发碧眼的美国人。

说起来很没出息，读书时很多同学都想着出国留学，我却从没有动过那方面的念头。因为我觉得以自己的身高，在国内找女朋友已经如此困难，去了欧美国家，岂不更是自寻死路？

求田问舍，怕应羞见，刘郎才气。

我这点小心思，比之求田问舍，犹有不如啊。

最近迷上《开讲啦》，尤其喜欢那些互联网行业的传奇大佬们的故事。其中有一期，是360的创始人周鸿祎，他说一个人的成功有太多的偶然，很多时候是命运和时代选择了他，既不可复制，也很难重复。如果现在把马云马化腾李彦宏这些人从他们公司揪出来，每人给一千万美金让他们去创业，八成是要失败的。

大人物有大偶然，小人物有小偶然。回顾我们的成长经历，能数出多少差别只在毫厘之间的命运转向？高考差两三分，排名可能就差了好几十位，能不能考上心仪的学校，就很难说了。

尽管我考研下足了苦功，却也十分惊险。笔试成绩揭晓，获准参加复试的六个人中，我是第六名，提档线345，我考了347，而英语，也只刚好过线了两分。想想看，只要随便答错一道选择题，我的人生都会大不相同。说不后怕是假的。

复试定在2006年的3月初。六个人中，我是唯一一个首次参考的人，其他人都考了两年乃至四年。跟他们比起来，我的专业课火候自然是要稍逊一筹。但是幸好，我也有加分项，课余时间我发表了很多诗歌，复试时便把那些刊物都带了过去，厚厚的一摞堆在那里，颇让老师们小小地惊叹了一下。尤其是，其中还有北京大学北社和五四文学社的社刊，无形中拉近了我和北大的距离。

现在人们经常讨论的一个问题就是，读书到底有什么用？读书能不能改变命运？

持悲观意见者，轻易就举出诸多不读书而飞黄腾达、读书却泯然众人的案例。而其实，如果非要从世俗的层面来谈论，那么读书和不读书，总体的收入水平肯定是前者高于后者。不读书而飞黄腾达的案例再多，也不可能像读书而飞黄腾达的案例那样不胜枚举。尤其在当下，高等教育的普及程度已经很高，传统产业也在加速让位于高科技产业，不读书而飞黄腾达的机会必将越来越少。不信可以看90后创业热潮中涌现出来的那些青年代表，基本都是高学历者一统天下。

抛开世俗层面不谈，读书其实是一个自我塑造的过程。读书和不读书，周围的环境、接触的人、社会对你的期许和定位，都不一样。由此产生的眼界、心胸和情怀，当然也大不相同。这些虚头巴脑的东西，或许不能给我们带来更多的收入，甚至不能提升我们的幸福感，却自有其独特的魅力与价值。

一个没有去北大中文系读研的我，一定不是今天的我。那些已经过去的昨天的我，是如何一步步生产出了今天的我？这实在是件奇妙的事情。在漫长的生产过程和诸多的工序、环节中，只要有些微的偏差，都会造出一个完全不同的我。

有多少令人惊叹或感慨的偶然性，参与了这样的生产过程？

我到底是合格了，还只是个残次品？

无论如何，我很喜欢今天的我。

那么多胡扯的东西都被称作梦想

虽然老套，还是要谈谈梦想。

烟波浩渺的北京城，两千多万人口，大概每个人都像怀揣婴雏的袋鼠，怀揣着自己的梦想。我的朋友丁匪石，就是其中一个。

他出身不差，名校硕士，虽然个头不高长相平平，但是有北京户口。年轻人乍一进去机关事业单位，总难免有一阵苦闷彷徨。每天在文山会海间低眉顺眼，丁匪石深感英雄无用武之地，又拿着比同班同学低一半的工资。想要跳槽，但苦于买不起房，户口无法转移。他给自己算了一笔账。按照单位目前的工资水平和发展前景，每年能存个三四万块钱已经是极限，十年后他36岁，正是人生由盛转衰的大分水岭，手头也就能攒个三四十万，在寸土寸金的北京，什么也干不了。如果考虑到娶妻生子侍养双亲和无法预料的疾病灾祸，情况就更加不容乐观。

曾经的十佳主持人和十佳辩手丁匪石，没有想到自己的人生会陷入如此无望的境地。女朋友迫于父母压力跟他说拜拜，无疑又是雪上加霜。丁匪石什么都好，可惜就是没钱。这是女朋友母亲的原话。

丁匪石觉得该好好思考一下人生的出路问题了。他翻了很多名人传记，一无所获。每当大街上跑过一辆保时捷、法拉利，他就盯着司机一阵猛看，然而光看脸，也看不出人家为什么坐在这样的车里，旁边还坐着风情万种的美女。

正在这时，一则关于某期货大佬五年炒棉花10万变50亿的报道，轰的一声跳到他眼前。

光芒涌入，五色陆离。

丁匪石觉得浑身每一个细胞都在发烫。

这是一种阔别太久的感觉。

比若干年前查知高考分数有过之无不及。

没多久，他就筹到了第一笔资金，投入战斗。

每天早上，他七点起床，坐十站公交、两站地铁，在八点半前赶到位于三里屯附近的单位。此时整个楼层往往都还杳无人迹，他的同事们大约会在一个钟头内陆续到齐。早餐基本属于敷衍了事，不是路边摊的煎饼就是711的面包，偶尔吃一次肯德基的汉堡。这是一家岁月静好的事业单位，在毛时代曾经有过辉煌的往昔，如今既然风光不再，也就隔绝了尘世的熙来攘往，轻浮躁动。

用二三十分钟时间，迅速浏览新浪期货首页的各种资讯。这些信息来自诸多专业研究机构，经常各执一词，相互打架，其中相当一部分背后是资金的支持，如果尽信很容易就着了主力的道儿，但若完全不看，又会对市场一片茫然。

开盘后一分钟，最为惊心动魄。在丁匪石偏爱的品种中，一半以上属于影子市场，唯外盘马首是瞻，外盘一整夜的涨跌，常常在开盘三秒钟内一步到位。他曾眼睁睁看着半年工资化为乌有，也曾十秒解掉吃了一个月的套。倘若没有外盘作为依据，有些品种的走势就更加让人百思莫解。有时，所有市场评论都在一边倒地唱多或唱空，K线却走出完全相反的图形。涨跌似乎被一只无形的手暗中操控，背后的逻辑讳莫如深。盈亏成了一次次前途未卜的远行，每一次出发都把生杀予夺的大权拱手交到他人掌中。每一秒，都可能被一击打入地狱。永远有把穿心剑，在血管里狼奔豕突，横行无忌。

尽管如此，不劳而获的感觉实在太美妙。动两下手指，就赚到一个月薪水，谁还乐意当牛做马地工作？丁匪石虽没有接触过毒品，但他想毒品能给人的亢奋，大概也无过于此吧？在这个社会阶层高度板结淤塞的时代，无论做什么都需要资源、人脉，需要高不可攀的起点和四通八达的渠道，出身薄祚寒门的他，无权无势无人可倚靠，却在这个游戏当中，感觉到了彻头彻尾的公平。他坚信，只要有足够的聪明，就能够脱颖而出，直上云霄。

他觉得，他找到了他的梦想。轰的一声，从此和困惑迷惘划清了界限。

"我们没有家族企业，不是校学生会主席，进不了世界500强公司，我们学的那些凌虚蹈空的专业知识，派不上任何用场。放眼望去，未来几十年的人生轨迹一目了然：一辈子可怜巴巴地工作，到退休时还拿着不痛不痒的薪水，住在郊区一所破破烂烂的小房子里。这，不是我们想要的生活，也不是我们应该过的生活。我们千辛万苦从犄角旮旯的乡村考进大学，做了七年的天之骄子，对未来充满了无限的憧憬和规划，却一毕业就被抛入社会的底层，看不到任何希望。谁肯甘心?!"自从我们认识那天起，丁匪石就是一个头头是道的人。每做一件事，都能升华出非凡的意义。

　　"你知道十万块钱在期货市场上的潜在收益有多惊人吗?"他经常这样问我，然后赶在我作答之前接上话头，"几十万上百万? 不不不，你估计得太保守。我来告诉你吧，是50亿! 听清楚了吗，50亿! 别以为我在胡说八道，这是真实案例! 圈内无人不知无人不晓的传奇故事。从10万到50亿，仅仅用了5年! 你能想象这种感觉吗? 如果你有10万，你会用来做什么? 存起来买房，满世界乱跑，还是买一辆便宜的小轿车，天天和奔驰路虎保时捷狭路相逢？当你的10万无所事事地被通胀鲸吞蚕食或者用于消费迅速折旧，别人的10万正在像宇宙大爆炸一样野蛮生长。久而久之，你成了芸芸众生，别人则轰的一声，成了传奇。"

说到这里，丁匪石眼中的光芒开始像夜店的霓虹灯急遽地闪烁："我的梦想，就是成为这样的传奇！"

听他这席话，是在几年前一次小范围的同学聚会上。我至今记得他眉飞色舞容光焕发的样子。在那之后，隔三差五就听到他一个星期赚了多少多少钱的消息。心想果然天道酬勤，他这么努力，命运终究不忍对他始乱终弃。和许多多嘴多舌的股民不同，他从不在微博和朋友圈谈论自己的交易和盈亏。但他每一条微博和朋友圈，都掩饰不住意气风发的味道。

没有想到的是，剧情至此急转直下。摇荡人心的盈利仅仅维持了两三个月，穷凶极恶的亏损便随踵而至，如恶客赖着不走。丁匪石再没参加过同学聚会，也很少再更新微博和朋友圈。有几次我忍不住打他电话，明显感觉他没兴趣多说，在一些话题上含糊其辞。我猜到他期货可能不太如意，但没想到，他在赔了自己的工资和父母大半辈子的积蓄后，不甘心认输，又从银行贷款数十万，光想着用更大的资金去挽回之前的损失，却将自己拖入了万劫不复的境地。期货本就属于杠杆操作，更何况用的还是借来的钱。

在丁匪石处心积虑想要通过期货迅速致富的几年间，我们大学时的同学们熬枯受淡地过着他所厌弃的生活，寸积铢累地攒钱，时间一长，买房买车，升职加薪，在偌大的北京城虽然只是普通人一个，却都渐渐立定脚跟，步入了正轨。

偶尔聚会时谈起丁匪石，大家都表示感慨唏嘘。也有人觉得，像他这样脑子里永远装满奇思异想的人，一时的失意算不了什么，总有一天会牛逼闪闪地再次出现在同学聚会上。毕竟读书时，他就是学校里数得上号的风云人物，曾经的十佳主持人和最佳辩手，注定不能够过平凡的生活。

梦想那么昂贵，我们都囊中羞涩。梦想又那么廉价，卖煎饼的大妈都可以滔滔不绝。

我一直欣赏丁匪石身上那股子敢拼敢闯胆大妄为的精神。然而梦想是一只风筝,需要找到恰当的天空去释放,才能高飞远举,迎风招展。如果跑到高速路上去放风筝,结果可想而知。他的心境我非常能够理解。毕竟我们每个人都在努力,想让自己变得不平凡。在追逐梦想的路上,我们都想像袋鼠那样,一跳就跳过别人几十步的距离。可丁匪石做出的选择,无疑是打算瞬间移动,一眨眼就出现在别人翻山越岭才到达的地方。结果呢,没控制好落点,着陆时脚下是一片无底的深渊。

今年六月以来的这轮股灾,杀死了多少像丁匪石这样的年轻人?倘若他们及时悔悟,转而把精力投入到踏实可行的事情上去,那么无论亏掉了多少,一切都还有希望挽回。怕就怕他们像养亲生孩子一样骄纵着自己的赌性,一心想着哪里跌倒就在哪里爬起——在深渊上爬起一万次还依依不舍,结果也不会有什么不同。

在一个狂飙突进的时代,那么多的成功与我们近在咫尺,那么多的传奇让我们震耳欲聋,谁都免不了心浮气躁,蠢蠢欲动。然而,有一种五彩缤纷,它的名字叫作陷阱。有一种看上去很美,迷上了可能会要你的命。

成功是用时间堆出来的，需要一个过程。不要小看那些平凡的岗位、细小的工程，循序渐进地努力，总有一天会让你与众不同。

后 记

　　未能免俗，想在后记里感谢一下所有关心我、帮助我的师友。

　　感谢诗刊社的商震、李少君、谢建平、张晓瑄、史岚、江岚、蓝野诸位老师，与你们共事，不亦快哉。

　　感谢实力文化的关正文、刘宇、周春林、张子选、王巧丽、寇文星、孙治海、郑仲伟、迪扬、穆金明、甄肖宇、唐蕊、施函廷、刘迪等老师，感谢你们为全国的观众奉献出《中国汉字听写大会》《中国成语大会》这么精彩又有情怀和担当的电视节目。

　　感谢CCTV（以及所有TV），感谢郦波、蒙曼、蒋方舟老师的精彩点评，感谢《中国成语大会》的主持人张腾岳老师，在赛场上跟您斗嘴，跟您比年轻，是难以磨灭的美好记忆（或许对您来说刚好相反吧^-^）。

感谢我的好朋友马小淘，是你让我彻底戒掉了股票，重又变回一个勤勤恳恳码字的文青。就算今后股市涨到一万点，我也不会怪你。

感谢这本书的责编，我的好兄弟李宏伟，如果这本书没让你赔钱，那我……争取下本书再让你赔钱吧。给我点时间，我能做到的。

感谢爸妈，感谢你们没给我显赫的出身、一米七以上的身高和足够骄人的外表，正是这些我梦寐以求却缺少的东西，让我成长成熟，始终发奋不止。

感谢我所有的朋友，在此不能一一列举，因为有你们，北京北京，才真正令我难舍难分。尤其是那些即将为本书的宣传付出心力的朋友，你们，准备好被我抓壮丁了吗？ ^_^

最后，感谢每个读这本书的人，请允许我矫情地说一句，我爱你。愿你有一个灿烂的前程，愿你有情人终成眷属，愿你在尘世获得幸福！

原来，生命中有这么多可以感谢、需要感谢的人，真的是一件很幸福的事啊。

2016年1月15日

图书在版编目（CIP）数据

被嘲笑过的梦想，总有一天会让你闪闪发光/彭敏
著. -- 北京：作家出版社，2016.2（2017.4重印）
ISBN 978 - 7 - 5063 - 8718 - 7

Ⅰ.①被… Ⅱ.①彭… Ⅲ.①散文集 - 中国 - 当代
Ⅳ.①I267

中国版本图书馆 CIP 数据核字（2016）第 015160 号

被嘲笑过的梦想，总有一天会让你闪闪发光

作　　者：彭　敏
责任编辑：李宏伟
装帧设计：申晓声
出版发行：作家出版社
社　　址：北京农展馆南里 10 号　　　邮　　编：100125
电话传真：86 - 10 - 65930756（出版发行部）
　　　　　86 - 10 - 65004079（总编室）
　　　　　86 - 10 - 65015116（邮购部）
E - mail：zuojia@ zuojia. net. cn
http：//www. haozuojia. com（作家在线）
印　　刷：三河市紫恒印装有限公司
成品尺寸：130×185
字　　数：89 千
印　　张：6.125
版　　次：2016 年 2 月第 1 版
印　　次：2017 年 4 月第 5 次印刷
ISBN 978 - 7 - 5063 - 8718 - 7
定　　价：28.00 元